刘成信/主编

中国杂文

ZHONGGUO ZAWEN

（百部）卷五

刘兴雨集

LIUXINGYU JI

吉林出版集团股份有限公司
全国百佳图书出版单位

图书在版编目（CIP）数据

中国杂文百部．当代部分．第5卷．刘兴雨集 / 刘兴雨著．--长春：吉林出版集团股份有限公司，2013.5
ISBN 978-7-5534-1632-8

Ⅰ．①中… Ⅱ．①刘… Ⅲ．①杂文集－中国－当代Ⅳ．①I26

中国版本图书馆CIP数据核字（2013）第065519号

刘兴雨集

LIUXINGYU JI

出 版 人　吴文阁
作　　者　刘兴雨
主　　编　刘成信
责任编辑　金方建
封面设计　梁文强
开　　本　650 mm × 950 mm　1/16
字　　数　80千字
印　　张　12
版　　次　2013年5月第1版
印　　次　2020年5月第1版第3次印刷
出　　版　吉林出版集团股份有限公司
发　　行　吉林音像出版社有限责任公司
　　　　　吉林北方卡通漫画有限责任公司
地　　址　长春市泰来街1825号　　邮　编：130062
电　　话　总编办：0431-86012893　发行科：0431-86012770
印　　刷　三河市华晨印务有限公司
ISBN 978-7-5534-1632-8-02　　定　价：28.50元

《中国杂文》(百部)总序

刘成信

一

人类的文学艺术，源远流长，丰富多彩。随着社会的推进、发展，其分门别类日益精细——从最初的歌曲、舞蹈、神话、故事等逐步演绎出诗、散文、小说、戏曲。直到二十世纪初，科学技术与文学艺术融合，又有了电影、电视剧等。

有一种文学艺术虽然在中国问世两千余年，由于后人未给予“名分”，以致到二十世纪初，才从文学艺术谱系中分野出来，这就是古老而年轻的杂文。

人类和自然界大体都遵循适者生存的法则萌芽、生长与消弭。两千多年来，杂文本应与小说、诗、散文、戏剧、音乐、电影等姊妹艺术一道，繁花似锦、根深叶茂。然而，它没有像先贤们渴望的那样，而是纤弱的，时生时灭，时有时无，同其他汗牛充栋的文学艺术作品相去甚远。

二

时序到 1915 年，中华文学艺术宝库迎来新曙光，一个精灵出现了——杂文在多灾多难的中华大地，被一些先知先觉的知识分子接受了！

杂文这个新成员一俟来到华夏，其特性便与众不同——首先是符合社会发展规律，它主张顺应历史潮流。它不重复生活，不还原历史，不演绎过去，而最突出的展示将来，预期社会走势，判断人间是非。

杂文一俟来到华夏，便告之，它向往和平、民主、科学、自由、平等、人道、富裕及真善美；杂文憎恶专制、昏聩、愚昧、野蛮、特权、贪婪、奴性、虚伪及假恶丑。杂文与其他文学艺术既相通又有自己的特性。

杂文一俟来到华夏，就融于文学大家族，与各种文学艺术形成天然的血肉联系。它不像小说那样刻画人物，而是粗线条勾勒人与事；它不像诗、散文等那样纤细、抒情，而是明白如话，开诚布公。但杂文能够调动各种姊妹艺术如寓言、故事、说唱、戏曲、元杂剧等“为我所用”。

杂文一俟来到华夏，它就友好地“拿来”社会科学乃至自然科学的多种文化元素。它不是政治学，但只有不迷失政治选择，才能解析身边社会的变数；杂文不是社会学，但只有掌握瞬息万变的时代脉搏，才能适应人间丛林法则；杂文不是历史学，但人总应拨开历史雾障，略知历史长河的走向；杂文不是生理学不是心理学，但它能解剖人性、解读人生，理顺人际关系；杂文不是方法论，但它无处不闪烁着思想方法的光芒；杂文不是文艺学，但它评价文艺现象既深刻又形象；杂文不是美学，但每篇优秀杂文无不抨击假恶丑，无不向往美、赞扬美……

理解杂文、认识杂文，才能与杂文为友，才懂得杂文的大爱。杂文真的是半部百科全书。

三

杂文打捞历史风尘，知耻近乎勇。杂文对于文化批判，社会批判，历史批判，人性批判，世世代代惹来不知多少是非。

嫉妒杂文、讨厌杂文者，甚至欲将杂文从百花园中斩草除根，所以，杂文往往难以长成大树，多少代都不能像其他文学艺术那般枝繁叶茂。有人说杂文偏激，有人说杂文片面，有人说杂文招惹是非，更有人对杂文产生各种各样的误解。以至于把杂文称为乌鸦，恨不得把一切不祥之物都推到杂文身上。

杂文，曾为作者“惹”下多少祸根，有人曾因杂文葬送自己的大好前途，多少代杂文人曾为自己带来难以洗清的污秽。

然而，实践证明，杂文确能为民众造福，世世代代多少志士仁人，曾为杂文洗刷了一切不实之词，它为人们启蒙，越来越受人们欢迎。

四

本书作者共计三百八十位，分当代、现代、历代。

我们试图把1915年《新青年》“随想录”诞生前的杂文划为历代，1915年到1949年划为现代，从1949年到当今划为当代。

1915年“随想录”之前称之为杂文，主要是根据作品性质、特点，而不是按刘勰在《文心雕龙》所谈的“杂文”。

当代作家选五十位，每人一部杂文，五十篇左右。另有合集十部，每部二十几位作家，共二百多位作家，四百多篇作品；现代作家二十位，每位五十篇杂文，七万多字，另有四十多位杂文作家，十部合集；最后选七十多位历代杂文作家，均为合集，每篇作品都有注解、题解、古文今译。

当代五十位杂文作家大体是根据五点遴选的。

一、杂文创作时间超过二十年；二、曾创作有影响的杂文作品在三十篇以上；三、曾创作经典性杂文作品；四、作品强调思想倾向的同时，艺术性也不为之忽视；五、曾在国内组织带领作家创作杂文卓有成就者。

二十多年来，我曾在助手们协助下选编各种版本杂文集五十余部，选编如此大型杂文丛书，对我是一种尝试，深知其难度。这部《中国杂文》(百部)整整花费我四年时间。杂文作品浩如烟海，读数百册杂文集、数百万篇杂文作品，难免挂一漏万，特别是这部大型丛书在国内尚无参照系，错讹在所难免，恭请诸位指正。

选编者 2012年11月10日

于长春杂文选刊杂志社

杂文近乎宗教

刘兴雨

人一下子从士兵突然当上了将军，那是什么感觉？听到《中国杂文》（百部）主编，我尊敬的刘成信老师告诉我这套书中有我一本时，我就有了这种感觉，兴奋而又惶恐。2010年夏天，参加完在北海举行的全国第四届杂文笔会之后，我发出过这样的感慨，杂文近乎宗教。

何以发出这样的感慨呢？我看到，杂文编辑和作者们就像传教士，虽然面临不解的目光甚至面临被迫害的威胁，依然不改内心的追求，不改传道的热情。他们的教义就是真善美，是民主、法治、人权、公平与正义。杂文能说出人们的心声，给困惑而不平的人们带去抚慰、正义和同情。一本本杂文集就像经卷，一篇篇杂文好似经文，它不让人麻醉而叫人清醒，不让人沉沦，却使人振奋。

杂文是充满忧患与挚爱的心灵发出的并不悦耳的声音。有时是含泪的嬉笑，有时是忍痛的挑剔。杂文是自由的心灵写出的并不自由的文字，是一个人对社会人生的真知灼见，用曹雪芹的话说"都云作者痴，谁解其中味"。

按理说，选择哪一种体裁进行写作完全是个人兴趣，就像我，当年就曾狂热地喜爱过诗歌，也热衷过文学评论，出过诗集，也出过评论集。可对杂文很长时间内都敬而远之，觉得可望而不可即。二十多年来，就不知好歹地写着。感谢各位勇敢的编辑，让这些东西没有成为抽屉文学。我知道，编辑往往承担着比作者更大的压力，所以对杂文编辑我一向怀着深深的敬意。

在我们这块土地上，什么都可能变得复杂起来。乖巧的人往往回避杂文这种体裁，因为它容易暴露自己的爱憎，表现内心的是非。选择杂文仿佛与仕途有碍，一般仕途顺遂的人往往回避它。选择杂文这种文体有时是需要一点儿勇气的。也许我终于六根不净，也不是走仕途的料，也没有修行到心如古井的程度，看到不公不平还忍不住要发声。尤其鲁迅要把无声的中国变成有声的中国的主张，浸入我的骨髓，使我不由自主地信奉："宁鸣而死不默而生。"

好的杂文要求于人的太多：勇气、人格、学识、智慧、文笔，几乎缺一不可。写杂文与编杂文的人都有点儿像前线的战士，有时他们拉响炸药包的时候，可能自己也跟着玉石俱焚。所以鲁迅主张堑壕战，没事可以放点儿冷枪，还可以在堑壕中娱乐。虽然如此，写杂文依旧是危险的行当。看到写杂文的前辈和同行不断落马，总是于心有戚戚焉。可我要说，写真正杂文的人都是民族的赤子，祖国母亲应该保护他。

说杂文近乎宗教，但毕竟与宗教不同。它不需要像教主一样被人供奉，顶礼膜拜。只要迎来了春天，哪怕自己过早凋谢，甚至化为尘土。

2012 年 8 月 17 日于本溪

目录

老爸呀，你干啥辞官

夕阳收去了最后一抹余晖，终南山在暮色中只留下一道轮廓。陶渊明父子锄草归来，一前一后，走在乡间的小路上。陶渊明也许在构思一首新作，一直不说话。突然，有个土坎儿绊了他一下，好悬没摔倒，儿子赶忙上前扶住。一边扶他走，一边打开了话匣子。

爸，你何苦辞官还乡。看你整天累得这样，当初你要不那么冲动就好了。县吏让你接督邮你就接呗，有啥呀？当官的迎来送往，就像农民锄草种地一样，正常得很。你要烦他，就把他当成孙子，或者干脆当成猴子，那样你心里就平衡了。你不为五斗米折腰，知道的人说你有骨气，不知道的还以为你没水平，或者犯了生活作风错误呢。村里小孩儿一见面就问我，你爸怎么不当县令了呢？腐败啦？

你在《归去来辞》中说，田园将芜胡不归？咱家那几亩破地荒就荒呗，老惦记它干啥？在县里你是县令，没谁吃的还能没你吃的？咱家那点儿地就能种豆，豆子还不爱长。你自己不也说，种豆南山下，草盛豆苗稀。

你辞官不做回来了，倒挺潇洒。其实，人家巴不得你把那个位子空出来，自己好坐上去呢。这回可倒好，你有病高级病房也住不上了，过去那些溜须拍马的都躲得远远的。前年咱家着大火，一趟房子全烧了，害得咱们在船上待了半年。你如果当县令，房子早盖上了，可能还会给装修呢。

你以为回乡就心静啦？这世上哪有你说的桃花源？那些保长里正的动不动就催租要粮，还不给现钱，净打白条。你要是还当县令，那就是老虎拉车，谁敢哪！

你说羁鸟恋旧林，池鱼思故渊，你想乡下俺也不反对，有空回来看看，也不用鸣锣开道、前呼后拥，廉政嘛。不用八抬大轿，有一乘小轿就行，亲戚里道的看着也脸上有光。没事钓钓鱼、烀点儿苞米，烧点儿土豆，都行，干啥动真格的？整天除了鸡鸭鹅狗和鸟叫，连点儿动静都没有，扭秧歌的都不稀上这儿来。

现在你一个人倒自在了，整天采菊东篱下，悠然见南山，可把我们一家全都坑了，想上贵族小学都上不了。你这是幸福你一个，苦了一家人。那终南山整天看有啥意思，不就那个样儿吗？

你以为你有才就行了？这年头儿，谁官大谁才就大。写七扭八歪的字就到处题词，写狗屁不通的文章就能出书。你诗写得倒好，连发表的地方都没有，想出书连书号都买不起。你要是还当县令，那些富婆大款怎么不得赞助点儿，他们找这机会还找不到呢。

现在可倒好，你诗兴大发，写完连个欣赏的都找不到，更别提切磋了。那些老乡跟他们喝点儿酒还行，可你的诗谁懂啊？连个叫好的都没有，多没劲儿。

你嫌官场污浊，你不会出淤泥而不染？不同流合污，凭良心干活，靠本事吃饭。只要咱们不昧良心，不欺压好人，不搜刮百姓就行呗。干啥偏得回来？你如果是让贤倒也行，可你只图清闲，不是没有责任感吗？

陶渊明听儿子说起来没完，就说，你小孩子家懂得什么。儿子不服，怎么不懂？你不就是猛志固常在，猛志逸四海吗？整天在这没有栅栏的笼子里，有多少猛志也白费。那官呀，好人不当，坏人就得当，与其让坏人当，不如让好人当。好人当官，老百姓还能少受点儿欺负，少遭点儿罪。像你现在这样，整天喝大酒，不把人都喝废了。

陶渊明听了这些，似有所悟，默然良久。忽觉有什么挡住了去路，一看是小院柴扉，哦，到家了。

【选自1999年第2期《杂文选刊》】

乾隆致文人的一封信

列位文人：

朕整日忙于治理天下，有闲暇还要打打猎作作诗，本没闲心写什么信。可有些文人总是怀才不遇，好像朕等亏待了尔等，朕不得不代表历代皇帝，说说我们的隐衷。

尔等所以愤愤不平，实在是中了“学而优则仕”的毒。觉得有满腹诗书就可以治理国家了，其实治理国家哪里有那么简单，这里面的学问大了。一个人既要有学问，还要有实际处理问题的本事，不是说上一两句子曰诗云就能济事的。

就说你们一直为之抱不平的贾谊吧，他是挺有才能，写了《治安策》，又写了《过秦论》，都是探讨治国得失的。可治国总要看当时的实际情形，对症下药，当时的汉朝只宜休生养息，不宜再折腾。这些，汉文帝心里明明白白，所以，汉文帝召见贾谊时，只和他谈鬼神而不谈苍生。唐代诗人李商隐抱怨汉文帝，说他不问苍生问鬼神。其实，一个天子能找一个二十多岁的小青年问问鬼神也是抬举他了。

苏轼当算文人中的大腕儿了，可他年轻时写的《策论》也是愚不可及。他说范增和义帝有君臣之分，应为义帝诛项羽。这不开玩笑吗？当时群雄逐鹿，各为其主，范增的主是项羽，他怎么能诛他呢？苏轼又说诸葛亮只要数十万金，就可以离间魏国君臣，举兵灭之。这更是不审情势、大言欺人的书生之见。要是此法可行，历朝历代也不必用兵动武了，只消用钱疏通一下就完了。这是三等商人的想法，亏他想得出来。

文人总是这也看不惯，那也看不惯。别的看不惯也还罢了，朕身边就那么个和珅体贴朕，你们也看不惯，这怎么行？文人还总是多愁善感，这和残酷的政治水火不容。文人看不到政治的复杂、凶险，以为凭热情、真诚即可做官。所以遭受挫折或排挤后往往心灰意冷，或者干脆同流合污。文人往往单纯，由于单纯便希望政坛也单纯。政坛如果也单纯了那还成其为政坛吗？政治家玩弄权术就像文人摆弄文字，是一种需要，这一点文人常常觉得不可思议。还常常作诗发牢骚，不让他尝尝文字狱的滋味儿怎么行？

文人感情脆弱，见不得丑恶，见不得残酷。唐代诗人高适说什么“拜迎长官心欲碎，鞭挞黎庶令人悲”，长官如都不拜，那当长官还有什么意思？小民不鞭挞他就不知道厉害，这都受不了还怎么为官？那个画画儿的郑板桥说“衙斋卧听萧萧竹，疑是民间疾苦声”，这哪行？萧萧竹就是萧萧竹，总听成民间疾苦声，不要得神经衰弱吗？文人总是怕痛苦、怕残酷，不忍心牺牲别人。而为了达到某种目的，哪顾得了那么许多。

文人太偏激，看不上眼的人甚至连眼珠都不转过去。这岂不太伤害别人感情。能做到明天要把对方置于死地，今天还能与对方把酒言欢，那才能为官。

朕这么说好像文人都是一个模样儿，其实文人也分两种，一种是职业文人，一种是业余文人。职业文人，让他在纸上可以排兵布阵、叱咤风云、头头是道，可到了较真章的时候，往往手足无措。包括那个南唐后主李煜，他如果把作诗词的工夫用在治国上，也许不会被人俘虏。

业余文人就不同了，他爱好文学就像有些人爱好抽烟、游泳、钓鱼。他们在文字之外另有抱负。不会把文学作为终身事业，不过是遣兴的材料而已。宋代的王安石、司马光、范仲淹都属此类。就如朕吧，也是文学爱好者，一生写诗数万，比李白写得还多，可朕不过玩玩而已，主要精力嘛，还要治国。要不怎么敢自称十全老人呢？

文人有时挺可爱，如作个颂诗、对个对子什

么的。可有时也挺讨厌，因为看不出火候。就说那个纪昀纪晓岚吧，本来挺有才华。有一次朕写诗“一片两片三四片，五片六片七八片，十片百片千万片”，下一句怎么也想不起来了，亏了他急中生智，救了朕一驾，悄悄告诉朕“落在水里都不见”，朕才保全了面子。

这时候，他在朕眼里真是可爱极了。朕当下就决定，将整理四库全书的重担放在他肩上。可他竟然得意忘形，在朕六下江南的时候，扫兴地说江南财产已经枯竭，这不成心和朕过不去吗？朕是皇帝，天下什么样朕不知道吗？于是朕正告他，朕看你文学上有点儿才华，才给你个官做，其实不过当娼妓一样豢养罢了，你怎么敢议论国家大事？被朕训完之后他老实多了。现在朕余怒已消，给列位写上这么一封信，将来出《乾隆全集》时，别忘了把它收进去。

【原载 1999 年第 4 期《杂文界》】

得民心者得天下吗?

电视剧《雍正王朝》看得人如痴如醉，它的主题歌尽管被腰斩，却依然在人们耳畔萦绕：得民心者得天下。这话早就有人说，而且说了几百年，但果真得民心者得天下吗？未必。

三皇五帝时的事过于遥远，不说也罢。人们熟悉的是秦皇汉武、唐宗宋祖、成吉思汗、慈禧什么的，还是从他们说起吧。

秦始皇统一中国之前，齐楚燕韩赵魏六国的百姓也还过得下去，没有谁犯贱，等着秦国来统一他们。但秦始皇凭借虎狼之师，横扫六合，谁能奈何他？

明朝末年，尽管烽烟四起，可中原人谁知满族为何物？满人何尝得过中原人的心？他们不过靠铁骑强行征服汉人而已。不然就不会有扬州十日的惨案、嘉定三屠的悲剧，就不会有留头不留发、留发不留头的话传下来。如果再加上成吉思汗的例子，我们似乎可以将这句歌词改为得兵权者得天下，或者有武力者得天下。

另外，这句歌词也可改为得上心者得天下。上心即最高统治者的心。以《雍正王朝》为例，雍正之所以能继位大统，主要的不是因为得了民心，而是得了上心，即康熙皇帝的心。倘上心不得意他，就是再得民心也是白搭。

1976年的时候，邓小平深得民心，四五运动时，人们将小瓶挂在树上，表达自己的心愿。可当时上心已不得意他，他只好再次下台。至于唐太宗、宋太祖、慈禧什么的，差不多是靠阴谋得的天下，就更提不起来了。

如果不怕伤了百姓的心，我们还可以提出一个命题，那就是，民心也并不是十分可靠的东西。因为民心也有受迷惑的时候，也有迷乱的时候。还以《雍正王朝》为例，雍正提出的让旗人种地，就很不得旗人的民心。他们打下江山后，享受着优厚待遇，过惯了悠闲自在、喝茶遛鸟的生活。所以，让他们种地，他们起而反对。实在不行，又用欺骗手法，将土地租出去。但我们能说旗人的民心就对吗？

同理，我们当初搞“大跃进”，搞“文化大革命”，似乎很得民心。然而，那时的民心处于一种受蛊惑的宗教迷狂状态。纵使表面是热火朝天、不可阻挡，终究是历史河流上的泡沫，很快也就消失。

有人会问，那统治者就可以无视民心，为所欲为了呗？非也。虽然得民心者未必得天下，但失民心者一定失天下。这方面例子真是数不胜数，秦时横征暴敛，民心尽失，所以秦朝本想统治万世，却到了二世就寿终正寝。明朝末年，饥馑流行、饿殍遍地，李自成一声招呼，天下也就易了主。只不过这天下没让李自成坐稳，就叫满人把天下抢了去。

这两件事过于久远，我们未能亲见。亲见的是国民党在大陆统治后期，物价飞涨，民不聊生，使共产党得了民心，也得了天下。亲见的是“四人帮”飞扬跋扈，丧尽人心，最后只好去品尝铁窗的滋味儿。

看来，得天下者，开始未必都得民心，但要长久地坐稳天下，就一定要得民心。与秦朝二世而亡相反，清朝统治者虽然开始并不得人心，但他们用各种办法笼络人心，争取人心，包括让很多读书人走上仕途。结果，康乾盛世得以出现。

许多人有一种错觉，以为自己得天下了也就得人心了，或者以为自己得天下是得人心的结果，因而不去体恤百姓，作威作福，一意孤行。还有人不过将这句话作为招牌，让别人不敢觊觎自己的龙椅而已。

我理解，这句歌词就像古诗中的兴法，先言

他物以引起所咏之词。重要的不是前一句，而是后一句。就像这首主题歌，尽管前面说得民心者得天下，却不得不在后面补上一句，看江山由谁来主宰，这才是关键所在。

【原载 1999 年第 5 期《杂文选刊》】

赫鲁晓夫的可爱之处

在号称史无前例的“文革”时代，赫鲁晓夫在中国的知名度极高，可谓家喻户晓、妇孺皆知。毛泽东曾不止一次告诫国人，要警惕赫鲁晓夫式的人物。因为据说斯大林活着时，他管斯大林叫父亲，斯大林一死，他就说斯大林是暴君。毛泽东怕这样的悲剧在自己身上发生，开始发动国人，抓中国的赫鲁晓夫，弄得十年没能消停。赫鲁晓夫成了阴谋家的代名词，成了危险人物的代名词。

在人们心目中，他简直就是青面獠牙的魔鬼，十恶不赦的混蛋。其实，他胖胖乎乎、憨头憨脑，挺讨人喜欢。他的一些做法也不乏可爱之处。他当莫斯科州委书记时，还保留着钳工工具，随时准备重操旧业。一次大会上，他谴责斯大林独断专行犯下的错误，台下递上一个条子，上面写道：“既然斯大林犯下了这样严重的罪行，那么作为政治局委员，你当时是什么态度呢？为什么不起来制止他？”他读了这个条子后，大声说：“这个条子没有署名，是谁写的请站起来！”当然没人起来，他说："这个人害怕了，他不敢站起来，那么我告诉你，我当初跟你现在一样。"这话，我们可以理解为一种机智，也可以理解为强词夺理。我并不赞成他的一些做法，也不想当第二个赫鲁晓夫，但我能理解他的行为。

他在中国，大概属于势利眼一类。看你能行时，巴结讨好，恨不得管你叫亲爹。你一旦失势，他立刻变脸，生怕跟你沾包。避之唯恐不及，表现往往比别人更无情。这样做，一是为了和失势者划清界限，二是为了向新主子讨好。掌权者对这些人起初也许还有警觉，久而久之，也就失去警惕，被这些人利用还扬扬得意。

他并不是一个纯势利小人，他是专制这棵毒藤上的苦瓜。专制的藤上也只能结出这样的瓜。倘若人们都靠自己的能力吃饭，不让某个人决定自己的命运，不只为某一个人负责，这样的瓜也许就会消失。

极权专制下，人们不能有个人的意志、个人的思想，如果有就被视为大逆不道。人们为了生存，不得不表面顺从，甚至还要说些言不由衷的话。专制把人逼得人格分裂。极权专制下产生人格分裂、阳奉阴违，就像酒喝多就会醉一样，毫不足怪。如果实行民主，有什么意见可以自由发表，人们也就用不着当面一套、背后一套了。

他还有一个可爱之处，就是坦率。有一次，他参观抽象派画展，他不像有些人，看不懂也不敢说不懂。他竟按捺不住，破口大骂："这叫什么画，一头驴子用它的尾巴可以画得比这更好。"他又把负责展览的恩斯特叫来臭训一顿。没承想恩斯特这个不识好歹的人却说："您不是艺术批评家，也不懂美学，你对美术作品一窍不通。"

如果这几句话是对斯大林说的，足以使这位负责人脑袋立刻搬家。如果是对我们这些没有砍头大权的人说的，也一定让他没有好日子过。可由于是对赫鲁晓夫说的，情形就有了不同。赫鲁晓夫竟说出了传诵一时的名言："当我是一名矿工时，我不懂；当我是党的一名低级官员时，我不懂；当我在往上爬的各级阶梯上时，我不懂。但是今天我是总理，是党的领袖，因此，我现在当然懂得，不是吗？"争吵一顿以后，他竟对恩斯特说："你是个很有趣的人，我很喜欢你这种人。"多年以后，按照他生前的遗愿，由恩斯特为他刻写了墓碑。

可见，说他可爱是有根据的，并非妄言。

【原载1999年第9期《杂文界》】

文化名人的悲哀

文化名人是什么时代都需要的。有时作为一种升平的点缀，有时则是大众的一面旗帜。作为旗帜当然值得自豪，作为点缀也不失为一种荣耀。唯独为专制统治效命，才是文化名人的悲哀。

文化名人在群众中有深厚的基础，人们可能怀疑自己的领导，甚至怀疑自己的亲属，但对文化名人往往有一种出自心底的信任。为什么呢？在群众心目中，文化名人由于他们丰厚的文化积累，对事物往往会有理智的判断、清晰的抉择。另外，文化常常意味着良知，而文化名人更应有超出常人的良知。所以，群众信任他们，唯他们马首是瞻，是不足为奇的事。所以，文化名人应珍惜这份信任，不可辜负了这份信任。

可文化名人毕竟也是人，他们也有常人的需要，也有常人的弱点。他们也有身不由己的时候，有言不由衷的时候，有大是大非不清的时候，甚至有为虎作伥的时候。这些他们无法向人解释，人们也就如入五里云雾中。人们只看表面现象，就不免被其迷惑。

文化名人为专制统治服务大约有几种情况，一是为专制统治者歌功颂德，二是用自己的学识证明专制统治的合理，或者两面兼而有之。从人性角度理解，第一种情况情有可原，后一种情况则罪不容诛。世界级大哲学家海德格尔在希特勒统治时曾加入纳粹党，并在公开讲演中吹捧希特勒“是今天和未来德国的现实和法则”。半个多世纪过去，已无法知道他的这些话产生过多大影响，但肯定比某个记者写的什么文章更有力量、更有欺骗性。他的这些话不用加工，就足以让独裁者增加迷人的色彩。文化名人出面，增加了专制统治者的迷惑性，使一个本该被唾弃的统治者可以堂而皇之地继续他的统治。本该是光明的旗帜，却成了黑暗的遮羞布；本该是民族的清醒剂，却成了大众的迷魂汤。这也许是文化名人的第一层悲哀。

新中国成立后，最大的文化名人莫过于郭沫若了。在风云变幻的岁月里，他总是力图与最高领导者保持一致。毛泽东提出百花齐放，他就为一百种花写了一百首诗，以证明这个方针深得人心；毛泽东喜欢李白，讨厌杜甫，他就穷数年之功，写了《李白与杜甫》，扬李抑杜。并由“卷我屋上三重茅”的诗句，推断出杜甫是大地主，因为穷人家的屋上只能有一重茅。他的这些表现到底产生了多大影响，我们已经无从考证了，但作家刘心武的一段话给我们留下了深刻的思索：“刚开始批判胡风时，有许多人还在徘徊观望，后来郭沫若出来写了批判文章，我父亲说，这下不要怀疑了。”郭沫若文章中写了什么并不重要，重要的是他出来表态了，这就足以使人转变立场。郭沫若做的这些，当然都有他的理由，不容后来者置喙，但有一个基本理由不能否定，那就是想让最高领导者赏识。这一点，有时似乎做到了，毛泽东曾多次与他唱和就是证明。但领导者并非木偶，说不定什么时候为什么事就会变赏识为厌恶。郭曾写过《十批判书》，对秦始皇没说多少好话，惹得毛泽东动了肝火，愤而批道：“十批不是好文章。”在那个把毛的话视为最高指示的时代，在那个毛的一句话就能决定人的生死荣辱的时代，毛的这句话对郭会产生多大精神压力真无法想象。自己一心一意与最高领导者保持一致，却不被接受，甚至被视为异类。

人们也许奇怪，很多平民百姓尚且敢说的话，文化名人为何不敢说？很多平民百姓能辨析的问题，文化名人为何反而不能辨析？这似乎不只与智力有关，更与地位有关。人一旦有了一定地位，往往就极怕失去。而且由于有了地位，也就没有了内心的不平，没有了不平，也就没有了不平之鸣，这似乎是顺理成章的事。就像海德格尔，他发表演讲时，已是弗莱堡大学的校长。郭沫若解放后一直任科学院院长，他们心中还会有不平吗？也许有，但与大众已经不相干了。

【选自1999年第11期《杂文选刊》】

慈禧做的一件好事

有些历史人物，年深日久，已定型为一种符号。如诸葛亮，我们一提起他，就想到足智多谋、鞠躬尽瘁。如慈禧，一提起她，就会想到冷酷、愚昧、专制、奢侈。只顾个人开心，不管国家命运。甚至用海军军费修建颐和园，以致甲午海战一败涂地，让中国人脸面丢尽，在世人面前抬不起头。如果推举古往今来最可恨的一个女人，她会首先入选。

可她竟也做过一件好事，那就是废除了扼杀人才的科举制度。

科举制度由隋唐刚刚兴起时，起到了打破门阀制度、广招人才的作用。乃至李世民看士人排队进考场，得意非凡地说："天下英雄尽入我彀中矣。"但天下任何事物都会由盛而衰，科举亦如此。发展到后来，科举制只让人死记硬背，作八股文，束缚人的思想，弊端丛生。连由科举成名的人都认为不废科举必然亡国。

戊戌变法提出废除科举的主张，但科举不但

没被废除，倒把提出这些主张的人都废除了，包括那个只留下皇帝空名的光绪，孤单单地冷落在瀛台。

一项延续了一千二百多年的制度被废除，确是一件划时代的大事。但废除它的人恰恰是我们痛恨的慈禧，这个事实人们接受起来有些困难，所以许多史书都将此事含糊过去。

可历史并不因我们的喜好而改变。提起这陈年旧事也不是想为慈禧树碑立传，而是弄不明白，为什么反对废除科举的是她，赞成废除的也是她。

近来，读了一篇小小说，题目忘了，但故事记得清清楚楚。一个副厂长提出要修一条路，厂长内心也觉得该修。但因为这个主张是别人提出来的，他就竭力加以阻挠。后来，副厂长调走了，他又提出修路，于是人们都称颂他的功德。

一下子我找到了慈禧废除科举的钥匙。一个主意被否定，并不一定是这个主意不好，而是提出的人有问题。许多事情，决策者心里明白该做，但由于是别人提出的，他就不去做，甚至反对去做，以此显示自己的威权，显示自己的功德。好事可以不办，权势不能动摇。为了自己的权势，什么民族的利益、人民的利益都可以牺牲。社会晚进步几年又有什么，只要权势不受损，其他一切都无所谓。

有些好的主张由别人提出时，可能遭到批评甚至责难，可轮到统治者自己干，可能比提出者走得更远。如清末改官制，慈禧不但将以前各旧部院裁撤归并，还派人到外国考察各国行政，准备立宪。当然，1905 年提出的这些主张，到 1908 年她死去也没实现，但她毕竟比当初维新党人还多走了一步。

由此我想到了变法初期慈禧的态度。当她得知光绪要变法时，对光绪说："汝但留祖宗神位不烧、辫发不剪，我便不管。"好像母亲叮嘱外出的顽童早点儿回来，一副大权在握、深明事理、胸有成竹的样子。可她并没有不管。这边刚进行变法，那边她就撤了光绪的老师翁同龢的职。并且规定，政府中接受新任命的高级官员必须亲身觐见皇太后，以表示感恩和保证忠诚。意在告诫光绪，我的地位不可动摇。

写文章的人难免浮想联翩。写着慈禧太后，竟然想起了斯大林。

第二次世界大战时，一个军官在会上总是大声说些明显是错误的主意，然后，小声在斯大林耳边出些绝妙的主意。斯大林总是当着大家的面把那位军官义正词严地批驳一通，然后拿出自己的正确主张，而这些正确主张恰恰是那位军官小声嘟囔给斯大林听的。这样，既满足了斯大林的虚荣心，又使苏军不受损失。

看来，为了好主张得到采纳，个人得有点儿牺牲精神，甚至受点儿委屈。那个苏联军官可以称得上精明绝顶，如果他跟斯大林争夺好名声，不但好主意不被采纳，可能连小命都保不住。

在废除科举的法令宣布三年以后的一个秋天，光绪死掉了，不过二十四小时慈禧也死掉了。这与其说是巧合，我更愿意将它理解为一种阴谋。肯定不是慈禧做的一件好事，即使是好事，也是民间意义的带有讽刺成分的那种。

反正废除科举这件事改变不了慈禧在我心中的恶劣印象。但我却要感谢她，让我对统治者多了一层理解。

【选自朱大路选编《世纪末杂文200篇》文汇出版社2001年版】

吴刚捧出伤心酒

毛泽东是一位杰出的诗人。他有一首《蝶恋花·答李淑一》，把人间仙境融于一处，余韵悠长，动人魂魄。

词的一开始，毛泽东痛切地写道："我失骄杨君失柳，杨柳轻飏直上重霄九。"这里的杨，世人皆知，是毛泽东的第一任妻子杨开慧。据说江青当年颇为"骄杨"二字不悦，好像毛泽东这么一写，她就没地方摆了似的。而柳则是指李淑一的爱人柳直荀。一杨一柳真是巧合。

柳直荀是毛泽东的战友，参加过南昌起义，后来任红六军政委，中共鄂西分局特委书记。在最新出版的《毛泽东诗词赏析》中对他的死因作了简要交代：1932 年 4 月率部返回洪湖地区，因抵制当时鄂西中央分局主要负责人所推行的王明"左"倾机会主义路线而遭诬陷，于 9 月被杀害。

这里所说的执行王明"左"倾路线的人叫夏曦，他和柳直荀是青年时代的好朋友。尽管中共"七大"对此事已作出明确结论，李淑一还是认为这个说法不可信。是呀，她怎么能相信自己叱咤风云的丈夫不是死于国民党反动派的屠杀，却是死在自己人手里。何况他们同在一个党内，更何况是旧日的挚友。直到贺龙的女儿贺晓明带着第一手史料去看望她，老人才确信了柳直荀死于夏曦之手的真相。

真不知道一个垂暮之年的老人知道这一真相时是一种什么心境。也许她刚知道丈夫牺牲时，心里还只是沉痛、悲伤，或者还有仇恨。可知道这一真相后，她也许会一片茫然，一生坚守的信念会突然破碎。知道这个真相的打击，也许不下于听到丈夫牺牲时的打击。

被自己人杀死还算是烈士吗？为什么我们的大地上盛产这样的烈士?!

毛泽东在词中写道："问讯吴刚何所有，吴刚捧出桂花酒。"面对烈士被自己人杀害的真相，李淑一也许会请求作者改写这一句，那就是"问讯吴刚何所有，吴刚捧出伤心酒"。

她也许还不知道，在中央特派员夏曦的错误路线统治下，从1932年9月到1934年，红三军在不停的"肃反"中，连以上干部被杀了三分之二，营以上骨干至少被杀了百分之九十，两万人的部队减员到三千多人。全军只剩下三个半党员：夏曦、关向应、贺龙和卢冬生（卢保留党籍，只算半个党员）。夏几乎杀红了眼睛，他的四个警卫员中，有三个被他杀掉了（以上材料见《中国“左”祸》一书）。

我不知道有没有历史耻辱柱这种东西，如果有，夏曦的名字应该永远镌刻其上。可我翻查很多党史，这段事大都以执行了王明“左”倾路线含糊过去。一个名不见经传的人就给革命造成这么大损失，那么有头有脸的人造成的损失更该如何。

这么多人没死在敌人的屠刀下，却死在自己人的枪口中，真让人痛心疾首无话可说。毛泽东在那首《蝶恋花》中浪漫地写道：“寂寞嫦娥舒广袖，万里长空且为忠魂舞。”现在看来应该把“舞”字改成“哭”字。上万英烈，没有战死沙场，却被自己人杀害，如此悲剧，焉能不哭？

具体到柳直荀的死，由于注解和各本烈士传语焉不详，依然让人大惑不解。他在党内那么高的职务，又是夏曦的挚友，怎么也会被杀害呢？

直到查阅《解放军将领传》才了然。肃反时，他所在师的参谋长和政治部主任全被逮捕，身为政委的他多次找分局领导和政治保卫局，为这些人辩解，并对株连的做法表示异议，不但无济于事，还撤掉了他的军内职务。后来称他为改组派的书记，把他投入冤狱。1932 年 9 月上旬，国民党攻入洪湖腹地，我军急促突围，突围前将监禁的人全部杀害，其中包括柳直荀，时年三十四岁，他是被乱棒打死的。

夏起初未必就想杀柳，但他看柳总是碍手碍脚，束缚他无限地行使权力，就想除掉他了。其实夏哪里是在“肃反”，不过是在借此名义清除异己而已。夏可能会想，都知道咱们是好朋友，我杀掉你，更证明我大公无私。于是，柳直荀便成了这场祭祀中的牺牲品。

柳直荀无论如何也猜测不到老友内心的险恶。他不知道，权力是荼毒人心灵的东西。权力能造福，也能造孽。权力会诱发人内心深处的恶，使人心灵扭曲。权力常使人硬起心肠，甚至使人丧失人性，尤其是当权力没有限制的时候。独裁和专制的权力可以使夫妻反目、父子成仇、兄弟相残(只看唐代李世民、武则天事迹便可了然)，旧时的交情更不在话下。在独裁和专制的权力面前，亲情、爱情、友情常常黯然失色。

人在掌权后，为了正义或维持一种公平，建立一定程序或显示点儿威严，是可以理解的。对一些亲朋故旧不合理的要求予以拒绝，更是令人钦佩。

问题是有些人并不是为了维护正义和公正，只是出于猜忌和个人一时的脸面，就同故人或亲人反目，甚至加害，那就应该千夫所指，天下共讨了。

一个人得势之后对旧友的态度是很能看出一个人能不能成气候的。陈胜当了王之后，旧友对他提起旧时往事，他就颇为不悦，好像他早就是王了，把当年“苟富贵，勿相忘”的话忘到脖后。所以他很快也就失败了。

凡是经过十年“文革”的人，对这一点也许都会记忆犹新。多少出生入死，身经百战的老革命，被加上各种罪名送进监狱，赶下政治舞台。以致死的时候，连自己的真实姓名都不能留。

听说过金沙江时，夏曦掉进江里，可没人肯去救他，这也是报应吧。

可就是这样尴尬的事情依然没使夏曦悔悟。当一个红军干部临死时问他：那么多创建红军、创建苏区流血牺牲的老同志怎么会是反革命呢？夏曦答：“这些人是为了破坏革命才参加革命的，为瓦解红军而发展红军，为搞垮根据地而建设根据地的。”呜呼，遇到这样的混蛋，柳直荀怎能不死？那上万男儿怎能不死？

毛泽东在《答李淑一》一词的最后写道：“忽报人间曾伏虎，泪飞顿作倾盆雨。”谁都知道，“虎”是指国民党而言。现在看来，这一句也应改了，那就是：“忽报同志自相残，泪飞顿作倾盆雨。”如果原句仍然不改，那么关于虎的内涵则应扩大，那就是丧失人性的掌权者或被权力扭曲的灵魂。

【选自朱大路选编《世纪初杂文200篇》文汇出版社2001年版】

皇帝们的闹心事

一般百姓生活较为平淡，春种秋收，男耕女织，自在而又逍遥。但也总是有闹心事，今天孩子病了，明天家中出现第三者了，后天又要下岗了，没完没了，这件完了，那件又来了。但只有一件闹心事，他们永远遇不着，那就是选谁做接班人。而对统治者来讲，这差不多是最令他们头疼的事。

有人可能会说，那有何难，先选好一个往那儿一放不就结了。这真是站着说话不腰疼。我们到商店买件衣服还左挑右选，总难中意，常有挑花眼的时候，何况事关天下的大事，岂能视为儿戏？

要说历来的统治者，对身后事还真有点儿负责的精神，没有一个说自己要选个草包来当接班人，诚心要把江山给败祸了，非要把位置传给草包者，恕我孤陋寡闻，至今没有听说。

按照封建时代的规矩，一般是将位置传给嫡亲的老大，也就是《春秋》所说：“立子以嫡不以长，立嫡以长不以贤。”按理来说，既然有了规矩，照着办就是了，省了多少口舌。可天下事没这么简单，要这么简单，历史也就不热闹了。

一个人一旦到九五之尊的位置，就不大愿意受老规矩约束，而愿意由着自己的性子来，要是不由着自己的性子来，那当那个皇帝还有什么意思。稍微熟悉一点儿历史的就会知道，汉高祖刘邦就曾动过废掉太子的念头，是张良出主意，请来了商山上的四个老头儿，跟着太子的屁股转，才让当初请不动这四个老头儿的刘邦打消了废嫡的念头。更不用说唐太宗李世民。他先立承乾为太子，后来又要立李泰，直到长孙无忌一帮老臣出面，才算立了李治，让李治这小子捡了个便宜。

一般来讲，人君选接班人，都希望那个人能萧规曹随，不要另起炉灶，同时希望那个人把自己开创的事业搞得有声有色。因此，所选之人就要具备两个条件：一是忠诚，二是能干。不忠诚便不可信，而不能干便无法服众。这两样缺一不可，而这两样又都需考察才能得知。于是，考察儿子们的忠诚与能力便成了皇帝老儿的日常功课。就说老康熙吧，他的那帮儿子们，本事都不小，为了争夺储位，弄得刀光剑影，不可开交，让老康熙好不伤心，竟至生了一场大病。那些皇子忙于经营自己的势力，很少关心父皇的病，只有胤禛胤祉两个问医问药，关怀备至，后来被封为亲王。

在古代的帝王中，曹操算是集文韬武略于一身的人物，在用人上也不拘一格。在他的几个嫡子中，本来他很看好曹植，常常向他问以军国大事，曹植常常对答如流。可人一到了很高的位置后，常常把持不住自己，以为谁也奈何不了自己，便不免忘乎所以起来。有一次，曹植乘车行驰，私自打开中门而出，这是违犯禁令的。曹操知道后大为生气，令将赶车的官吏处死。曹操说："最初我认为子建（曹植）是诸子中最可定大事的，自他开中门私出后，使我另眼看待此子了。"

大凡有能力、有本事的人做事常常不愿循规蹈矩，他们心气往往很高，不肯平平庸庸，甚至总是自己另来一套。这在老皇帝死了以后当然没啥，可在老皇帝大权在握的时候，那就犯了大忌。就说康熙的大儿子胤礽，两次被立为太子，第二次被立后，不但不老老实实，反而搜集党羽，招兵买马，骄横无忌，惹的老康熙再次废掉了他，并明确表示，不再立太子。

皇帝也是人，他的心思也不是一成不变，

谁也不知道哪件事就会触怒他。所以，聪明的子弟总是尽力揣摩皇帝的心思，看皇帝喜欢什么就来什么。就像隋炀帝杨广，本来是个色鬼，可他知道父母不喜欢儿子亲近女色，就装得很本分的样子，一有人到他家，他就让身边的女人躲起来。他知道父母喜欢朴素，就让妻子穿布衣，甚至让琴上落满灰尘。这样，终于讨得老皇帝的欢心，立他当了太子。可在老爹辗转病榻的时候，他竟公然调戏老爹的妃子，老爹气得七窍生烟，也无可奈何。

雍正在没继位之前，韬光养晦，避免锋芒太露而遭嫉妒。对其他兄弟，他在父皇面前只说好话，不说坏话。在得到亲王封爵后，自己上奏要求降低世爵，提高其他兄弟的地位。康熙称赞他明白事理，得到康熙信任。这样，我们就知道，在夺位之争中，最后胜利者，常常不是最有能力者，而是最有心计者，最善于伪装者。我们因此能够理解过去无法理解的现象：为什么有些如日中天的人没有得到皇位，而一些不露声色的人却如愿以偿、渔翁得利。

由于废立之事只关乎一姓之兴衰，故操心者仅是利益攸关的几个人，其他人是不大在乎的。老百姓你只要让他吃饱饭，谁当皇帝都无所谓。倘要天下人都关心废立之事，那就得让天下人有权按自己意愿挑选才行。

千古兴亡说废立，让人怅惘又叹息。此中的玄机奥妙，不好随便说破的。

【原载 2001 年 2 月 23 日《本溪晚报》】

与诺贝尔奖失之交臂

刘再复在他的《百年诺贝尔文学奖和中国作家的缺席》一文中披露，在1988年，瑞典文学院已初步决定把该年的文学奖授予中国作家沈从文，可惜，他却在这年的5月10日过世。按照文学奖章程的规定，死者是不可以作为获奖者的。就这样，阴差阳错，中国失掉了一个获诺贝尔奖的机会。

其实，早在1966年，瑞典文学院，就把目光投向了中国。被看中的作家是老舍，被看中的作品是《猫城记》。这部作品寓言化地描写了人际关系的复杂，嘲讽了人的劣根性，具有超越国界的世界性。他夺得了第一的桂冠。而老舍本人对此却一无所知，他在经受了一场批斗之后，选择了与世诀别的道路，纵身投向了太平湖。于是，那年的诺贝尔奖归了别人。

说起这些，不由人不扼腕叹息，为中国人失去那难得的机遇，为中国人失去那难得的荣耀。

人们也许会想，怎么就那么不凑巧呢？偏偏

让两个获奖的人在获奖前死去。

其实也不必心中不平，对他们个人来讲，没能获奖未始不是一件好事。1988年沈从文被评上以后，听说他去世了，评委马悦然立即给中国驻瑞典大使馆打电话询问，但使馆人员回答，我们不认识沈从文这个人。说来也不怪使馆的人，1949年后，沈再也没搞过创作，只是一心搞古代服饰研究，几乎所有文学史上都没有他的介绍。这样一个人被评上，那些大红大紫的作家们能服吗？如果闹腾起来，那么大岁数的人受得了吗？

依中国当时的政治形势，如果老舍活着，他的获奖，也许会给他带来更深重的灾难，给他内心带来更大的伤害。这么说绝非空口无凭。

依照当时人们的思想水准，人们不但不会把获奖看做荣誉，很可能会看成是对中国人的侮辱。

当时，人们的思维已经简单到非红即黑、非好即坏的程度，让他们来接受《猫城记》这样的作品，实在超出他们的思维水平、接受能力。他们也许会说，为什么《骆驼祥子》这样反映劳动人民的生活的作品不评，偏要评什么猫啊狗啊什么的？可你真要评了《骆驼祥子》，他们还会有话说，为什么评一个以人力车夫为主人公的作品，不评产业工人为主人公的作品？幸亏评委会是由外国人组成的，如果是由中国人组成的，那可能评委们都在劫难逃。

就是这本《猫城记》，在二十世纪七十年代曾在前苏联《新世界》连载并出了单行本，发行了七十多万册。那时，中苏关系正处于紧张阶段，江青一听说苏联如此流行这部作品，立即命人把上海一家出版社印的旧书找来，政治局委员人手一本，看看苏联人为什么喜欢这本书。这一看就坏了，书中有一段描写图书馆被烧了一天，江青大怒，这简直是在污蔑中国，批判！于是，不仅是《猫城记》，老舍先生所有的书一起被揪了出来。那时候，不但不能容忍内容上的丝毫偏离，就是一些隐喻象征的手法都不准使用，除了用太阳象征毛泽东，用向日葵象征围着太阳转的人民，其他一概免提。否则就是居心不良。

如果说中国的例子不足以说明问题的话，与我们走过相似道路的苏联也许可以作为佐证。

1958 年苏联作家帕斯捷尔纳克获诺贝尔文学奖，这本是让人脸上有光皆大欢喜的事情，不料却惹了大祸，苏联当局马上对这位作家进行大批判，并将他清除苏联作家行列。

索尔仁尼琴更惨，还没获奖，就被开除了作家协会会籍。获奖了却被认为是冷战性质的政治挑衅。那足以保证他一生衣食无忧的巨奖，他也没敢去领，还被驱逐出自己的国土。直到二十年后才能回去。想想也真为诺贝尔奖的评委们难过，何苦呢？饶这么拿钱给人，人家不但不领情，还怒目相向。

看来，价值观念不同，真可以使人失去理性，将没有恶意的对方视若仇敌。明明是对人类有益的事情，也会让接受者陷入尴尬的境地。

现在，诺贝尔奖依然受人青睐，获诺贝尔奖的作品依然在流传，而苏联却已成了人们遥远的记忆。真是白云苍狗，世事难料。我们只好再一次念起古人的诗句：山围故国周遭在，潮打空城寂寞回，淮水东边旧时月，夜深还过女墙来。

【原载 2002 年 9 月 11 日《北海日报》】

岳飞死因探微

古往今来，国人真正敬仰的抗金英雄，似乎只有岳飞。这一方面由于他壮怀激烈，精忠报国，一方面也由于他壮志未酬，却屈死在风波亭上。

青山有幸埋忠骨

白铁无辜铸佞臣

这两句传诵千古的诗句，表现了国人对岳飞的敬仰，也定了秦桧害死岳飞的铁案。

时光过了近千年，人们对岳飞之死的元凶不断提出质疑。人们不再把观念停留在忠奸之争上。最有代表性的人物是台湾著名学者南怀瑾。他提出，历史上说秦桧杀了岳飞，哪里是秦桧杀的，宋高宗本来就讨厌岳飞，秦桧只是迎合高宗的意思，代高宗承罪而已。

南怀瑾提出的最有力的证据有两个，一个是岳飞提出的口号惹恼了宋高宗，另外是岳飞请高宗立太子让高宗不满。

岳飞曾提出有名的口号："直捣黄龙，迎回二圣。"黄龙是金军老窝，捣了也罢，而那二圣一个是皇帝老爸徽宗，一个是皇帝哥哥钦宗，这二位哪一个回来了，也没有现任皇帝的份儿了，现任皇帝怎能不恼火？这两个人宋高宗躲还躲不及，你岳飞还要把他们迎回来，不是成心和现任皇帝为难吗？

口号这东西似乎颇为国人所钟爱，它简洁明了，便于凝聚人心，同心协力。如早些年的打倒蒋介石、解放全中国，如近些年的以经济建设为中心等等，无不简洁有力，颇具奇效。可口号这东西也不能乱提，弄不好就会涣散人心，模糊目标，甚至会丢掉身家性命。

岳飞惹恼宋高宗的第二件事是请立太子。1137年，岳飞听说金人想在汴京立钦宗之子，就上疏高宗请立太子以安定人心。本出于一片忠心，却被误认为有异志。高宗想，你岳飞在外面只管好好打你的仗就行了，立不立太子是你该管的吗？你催着立太子，是不是看我不行了，要投靠新主子。这时候，岳飞就是有一百张口，也辩解不清。岳飞也是，那废立之事是你一个将军该管的吗？

难怪岳飞死后有悼诗曰："自古忠臣帝主疑，全忠全义不全尸。"除了以上两条，再加上南宋一味偏安，一心议和，金兀术又有"必杀岳飞而后可和"之言，岳飞必死无疑矣。

在中国有一个不成文的规矩，凡是迫害忠良

的事，那罪大都记在一两个奸臣头上。其实奸臣固然可恶，可没有皇帝默许和怂恿，哪个奸臣能成气候？南宋时，有个编修叫胡铨，反对议和并请杀秦桧。秦桧当时正掌重权，也没敢把他怎样。岳飞当时是部级干部，比胡的位置高多了，如果高宗不允许，秦桧敢谋害他吗？可见，害岳飞者，元凶是宋高宗，秦桧不过是个高级帮凶而已。

在中国，一个有见识的人物不但常不得志，而且常有杀身之祸。为什么？因为在统治者心里，他自己是最有见识的，别人只要按自己的意志办就行了。因此，历来的大臣在提意见之前，常常要揣摩皇上心理，既要态度谦恭，又要说话动听。因此，极难充分表达自己的意见。

统治者常常由不愿听意见发展到建议也不愿听。臣子们看皇帝不愿听，自然也就不愿说，挺大个人谁愿讨那二皮脸？不发表意见也一样高官得做，骏马得骑，谁还愿意没事找事呢？再加上说真话常常倒霉，也就没多少人敢讲真话。久而久之，人们也就不说话了。乃至有人总结当官的诀窍，竟然是：“多磕头，少说话而已。”如此心态，怎能不万马齐喑？怎能不良知泯灭？

可人们的内心终还有自己的是非，于是造就了许多口是心非的人物。口是心非人物的滋生固然与这些人物本身有关，可统治者终究难辞其咎。

恰恰是统治者自己造就了这些人物。

这样的人多了，民族精神将受到斫丧、扭曲，一个精神扭曲的民族，还能立于世界民族之林吗?

我曾经到过岳坟，看着那端坐的岳飞塑像，一股浩然之气从心底升腾。可一想到被扭曲的民族精神与人格，就不禁喟然叹息。当再有强虏来寇时，还有人发出“还我河山”的怒吼吗?

【选自刘兴雨著《追问历史》天津古籍出版社 2003年版】

很遗憾，我只能牺牲一回

最近我常有一种冲动，想把自己牺牲一回。所以有这种冲动，是我看到，在中国，许多事情引起领导重视，是由于一些人付出了宝贵的生命。由于这些人的不幸，才使得另一些人免除不幸。

过去，人们来到一个新的城市，要随身携带一切有效证件，不然，就可能被无条件收容，什么时候拿出了足够数量的赎金，才能获得自由。大学毕业不久的孙志刚也不幸走入这个行列，可惜没等家人来赎，就不明不白地死在收容所里。由于他的死，国家废除了实行多年的收容制度，如果不是他的死，还不知有多少人继续身受其害。

以前，一些开发商借着建设城市的理由，不给动迁者合理的安置，别人稍有反抗的表示，就不管人家死活，野蛮拆迁。结果使得有人走投无路，到天安门广场寻死上吊。这样丢中国脸面的事情发生后，使得上面下了一个文件，使更多的人免遭野蛮拆迁之苦。

最近，安徽的一些孩子吃了劣质奶粉，还没

有体尝到人生的欢乐，就匆匆走向了另一个世界。一些幸存的孩子，也患了大头症，等待他们的不知是什么样的命运。这件丧天良的事情，激怒了国务院的总理，一个文件批下，劣质奶粉如过街老鼠，全国一片打声。从此，不知多少孩子免遭不幸。

其实，很多问题早就存在，不死上几个人，弄出点儿动静，别人往往就视而不见。现在劣质奶粉出事了，但牵一发而不动全身，劣质酒呢？劣质药呢？碰着地方保护、部门利益怎办？

每到这时，我都情不自禁地想，如果能免除更多的人的苦难，如果能因为我的死废除一项不合理的制度，我宁愿自己牺牲一回。

当看到那么多官员拿着百姓给的权力却不给老百姓办事，还好意思拿稳定作为说辞，我就想献身一回，也许由于我的献身，公仆们从此就名实相符了；当看到许多官员拿着国家的钱国内国外地潇洒，不光自己潇洒，还把子孙潇洒的钱都攒出来，而农民工累死累活干上一年却拿不到工钱，我就想英勇一回，也许由于我的英勇，终年在外劳作的农民工就不会在年根儿空手而回；当看到许多丑恶行为，自己本来该管，上级却不让管时，我特想就义一回，以便更多的人不至于空怀壮志、拍案长叹；当看到许多人踏实工作，却总是担心下岗，而有些人坑害国家溜须拍马却青云直上时，就想壮烈一回，也许因我这一壮举，那些从歪门邪道上去的人就会纷纷滚落马下；当看到整天点灯熬油的学子大学毕业却找不到工作，而有些人中学还没念完，竟占好位置，我就想自尽，也许就因为我这一举动，有真才实学者就能学有所用；当看到有人逼良为娼，看到有人拐卖妇女儿童，看到有人卖假药假种子假文凭，我都想死上一回，而且虽九死其犹未悔。

牺牲我一个，幸福千万人，这本来就是几十年来我们一向奉行的行动准则，是高尚的行为，实行起来尽管会有所犹豫、有所牵挂，总还可以作为一种信念支撑。

但令人遗憾的是，我不能像孙大圣一样，拔一把毫毛，变成无数个刘兴雨，甚至我连把自己克隆一回的本事都没有，也就是说，遗憾的是我只能牺牲一回。而值得牺牲的事情又那么多，实在有些牺牲不过来。

如果牺牲了生命，能换得丑恶绝迹、坏制度废除，或多数人免遭苦难，就像石子投入水中，激起一圈圈涟漪，当然很好；如果人能毫发无损，就让不合理的现状或制度改变，岂不更好。怕的是如树上落下的叶子，了无声息。

想想这些不免有些泄气，让别人牺牲又于心

不忍。好在现在的许多生命并不白白牺牲，国家的最高领导总还记挂着天下百姓，让人有个盼头。所以，我至今依然苟活于世，写这不死不活的所谓文章。

【原载 2004 年 7 月(下)《杂文选刊》】

五四运动的背后

“五四”是一个鲜明的坐标，它一下子就分出了中国的两个时代的历史——近代史与现代史。不管是谁写中共党史还是写中国现代史，差不多都要从五四运动写起。大致的路数都是巴黎和会上，中国山东主权从德国转到日本手里，中国学生听说后，以北大为首的三千多人上街游行，火烧了卖国贼曹汝霖的住宅。学生被捕后，全国声援，迫使巴黎的中国代表团拒绝在和约上签字，斗争胜利结束。

无论多么轰轰烈烈惊心动魄的事件，一旦变成一个名词，就会变得枯燥无味、干干巴巴。可当你穿越时空的隧道，重新回到当时的事件中，你依然会惊心动魄。

现在的读者大多只知道五四运动的正面情况，如学生怎样游行，工人怎样声援，但对这背后的东西，如政府的态度，军界的态度，往往不甚了了。而这恰恰是决定五四运动成败的关键。

五四学潮爆发的那天下午，当时的总统徐世

昌正在总统府为刚刚回国的驻日公使章宗祥接风洗尘。警察厅总监向总统汇报学生们在天安门集会，徐总统指示劝告学生解散。可学生们不听劝阻，向东交民巷外国使馆请愿。徐总统听说后，估计学生可能到曹汝霖官邸示威，就命令警察前去保护，但他叮嘱警察总监："勿要携带枪支、警棍，一定要文明对待。"学生们到了曹宅，看到军警林立便被激怒，几个学生跳进墙内。愤怒的学生找不到曹汝霖，却见墙上挂着日本明治天皇的像，室内摆着许多名贵的洋货，怒火万丈，连撕带砸。这时有人找来汽油，高声喊："烧掉这个贼窝！"声音过后，大火熊熊。学生们还把待在曹家的章宗祥痛打一顿。军警在现场和沿街抓捕了三十二名学生。

学生们的行动震惊了北洋政府，当晚，国务总理钱能训在家里召开紧急会议。北京卫戍司令段芝贵听说学生集会时就想镇压，但由于总统让"文明对待"，他无计可施，现在一看事态扩大，气狠狠地叫嚷："我们宁可十年不要学校，也不能再容一日如此学风。"有人随即响应："对，我们应该将参加此次游行的学校一律解散，将各校校长一律免职，以示惩戒。"

也许徐世昌出身翰林，不像那些武夫对学生那样无情。虽然他也恼火，但他知道，学生们这样做是出于一片爱国热忱，是出于激愤才有这番举动。所以，他不同意军人严惩、镇压的主张。他想通过各方斡旋，缓和处理，将大事化小，小事化了。可皖系军人正盯着他如何处置，他不便马上公开袒护学生。因此，他既没有为曹汝霖等人申冤，也没责备学生，只训斥了一下警察总监。对于被捕学生，他本来没有成见，在各界强烈要求下，他不顾段祺瑞等人对学生“处以非刑”的危言，将被捕学生全部释放。保释学生的北大校长蔡元培履行诺言，劝各校学生在 7 日复了课。

学潮暂时平息，段祺瑞等人却开始反击。一方面指使人在报上公开为曹、章辩护，要撤换蔡元培；另一方面调集军队，甚至传闻在景山上架起大炮，准备轰击北大。

徐世昌担心再包容学生会激起段派更激烈的反应，何况曹、章二人被辰也是实情，有必要借此整顿学风，于是下了两道令，一是让有关机构整饬学风，二是给曹、章二人各五万元，“一为盖房，一为养伤”。段祺瑞并不买账，让二人把钱“还了他，我们不是可以用金钱收买的。”

说起来也够难为徐世昌的，一个大总统夹在爱国学生和实力军人之间，左也不是，右也不是。本来想学生、军人两方面都不得罪，却弄得两头不满。学生认为，他的命令证明爱国有罪；军人认为学生闹事就是蔡元培的问题，逼得蔡于5月9日“引咎辞职”。学生们上书政府，要求挽留蔡校长，否则罢课。

段祺瑞对徐世昌的缓和态度非常不满，指责他软弱无能，应付学潮太过无力。指使策划倒阁，企图扳倒总理钱能训。在5月14日的会上，段威胁说：“希望总统、总理采取措施，及早解决学潮问题。否则，导致武力解决，后果将不堪设想。”

弦外之音已明，徐世昌再三思量，觉得儒子起事，难成大气。与其让段派武力镇压，不如自己下令，严加约束。他连下四令。一是让警备司令部取缔学潮；二是让学生镇静；三是挽留蔡元培，以安学生之心；四是挽留陆宗舆，以安段祺瑞之心。

这样，既向老段作了让步，又为学生留有余地，希望借此缓和局势和双方冲突。

可后来段祺瑞得寸进尺，逼迫政府更换了教育部长，这下又激怒了学生，又开始罢课，并得到全国的响应。这下更激怒了段祺瑞，野蛮对待在街头演讲、集会的学生，马队在街头横冲直撞。在控制舆论的同时，又给各地官员下令严厉镇压学生爱国运动。但学生并没屈服，6月3日，北京学界再次发起街头演讲。大家抱定以死相争的决心，如果在演讲中被捕，次日加倍出动。这一天，有两千多人走上街头，其中一百七十多人被捕。第二天，上街演讲的人数增加到四千人，又有七百多人被捕。学生们捕不胜捕。曾主张大量拘捕学生的警备司令段芝贵、步军统领王怀庆也无能为力了。徐世昌早抱着“失人心者失天下”的信条静观段派施展淫威，如今见时机已到，马上出来主张停止镇压，用和平方法对待学生。段派也怕激起各省的反抗，就接受了徐世昌的意见。在6月5日的政府会议上，决定不再进行拘捕，所捕学生一律释放。

学生被捕的消息传到上海，上海各界纷纷罢工、罢市，一时间，风起云涌。在强大压力下，警备司令段芝贵引咎辞职，各地军政官员纷纷进言，要求罢免曹、章、陆。尤其引人注意的是直系军人吴佩孚公开发表通电，站在学生一边。吴大帅是秀才出身，那通电写得格外有文采：“大好河山，任人宰割，稍有人心，谁无义愤？彼莘莘学子，激于爱国热忱而奔走呼号，前仆后继，以莛击钟，经卵投石，……其心可悯，其志可嘉，其情更有可原。”徐世昌明白，接纳全国人民要求的时机已到，当机立断决定罢免曹、章、陆三人。这一决定让段祺瑞十分恼怒，他到团城看望曹汝霖，大骂徐世昌忘恩负义。

鉴于段祺瑞等人的不满和内政外交的失败，徐世昌向国会、参众两院提出辞职，内阁总理钱能训连带提出辞职。尽管段派对徐世昌不满，但他们也清楚，徐此时下台，没有接任的适宜人选，时局会更动荡，难以收拾，他们将成为众矢之的。他们一方面通电呼吁全国挽留，一方面，由段祺瑞亲自上门，慰留徐世昌。徐以退为进、后发制人，达到目的，决定留下。

后来，全国行动，给巴黎的中国代表团施加压力，迫使中国代表团拒绝在《巴黎和约》上签字，给五四运动画了一个圆满的句号。

我由此想到，任何群众运动的背后，都可能有支持和反对的两种势力，尤其是在高层统治者之间，更是泾渭分明。这时，也许是统治者互相斗法的最佳时期。很多时候，统治者之中的一方，拿群众运动当做筹码，向对方施压。群众闹得动静大点儿，施加的压力也就大点儿。就是主张镇压的一方，也未必就是真的反对，不过是以此给自己的对手一点儿颜色看。

在这样的情况下，群众运动的胜利或失败，往往不取决于运动的正义还是非正义，而是取决于最高统治者斗法的结果。运动背后的支持者占了上风，运动就可能胜利；倘若背后的反对者占了上风，运动就可能失败。也就是说，群众运动的正义非正义甚至规模的大小，都不能最后决定运动的最后成败，而要看运动背后斗法的双方谁最后说了算。

当然，群众运动的规模和气势有时也会影响统治者的态度，这里面充满变数。但倘若最高统治者铁了心要进行镇压，他一定找出一百条理由下手。哪怕你群情激愤，哪怕你正义在手，哪怕你人心所向，统统无济于事。五四运动如此，其他什么运动也如此。

【原载 2005 年第 2 期《各界》】

陈独秀为何不去延安

几年前看过一个资料，提及陈独秀为何不去延安。有人问陈为何不去延安，陈独秀说，守常(李大钊，被军阀杀害）不在了，延年、乔年（陈的儿子，被国民党杀害）也不在了，我去找谁呢?言语之间，不胜凄凉。

我原以为这就是陈不去延安的原因，近读《从领袖到平民——陈独秀沉浮录》，才知陈不去延安还有隐情。

陈被毛泽东称为五四运动的总司令，创办《新青年》，创建中国共产党，是一大至五大的共产党总书记，是风云一时而且赫赫有名的人物。后实行右倾路线，使大革命遭到惨败，1927 年 8 月 7 日被撤销总书记职务，1929 年因组织托派被开除出党。1932 年被国民党逮捕。蒋介石亲派宋美龄到狱中看望，并许诺，只要陈写一自白书，就可立即出狱，而且就任劳动部长。陈独秀说，蒋介石的双手沾满我们同志的鲜血，我的两个儿子也死在他手里，我和蒋介石不共戴天。他叫我当劳动部长，参加国防参议会，真是异想天开。我要是做他的走卒，也不用等到今天。根本不理蒋介石的碴儿。

1937 年抗战爆发，他被释放出狱。出狱后，他派人找到八路军办事处的叶剑英、李克农，要求回到党内工作。林伯渠知道这个情况后说，陈在文化史上有不可磨灭的功绩，在党的历史上有比别人不同的地位，他能放弃某些成见，回到一条战线来工作，于民族于社会都是极需要的。……过去的一切是是非非都无须再费笔墨唇舌去争辩。然后，他将此事电告延安。毛泽东与张闻天提出三个条件：一、公开放弃并坚决反对托派的全部理论和行动。并公开声明同托派组织脱离关系，承认自己过去加入托派之错误。二、公开表示拥护抗日民族统一战线政策。三、在实际行动中表示这种拥护的诚意。

看到这三个条件后，陈给《中央日报》写了声明："中国有无托派我不知道，我不是托派。"董必武见到陈独秀，劝他以国家民族为重，抛弃固执与偏见，写一书面检讨回党工作。陈不同意写检讨，说"回党固我所愿，唯书面检讨，碍难从命"。也许他太好面子，不愿在他过去的部下与晚辈面前认错。

1937 年 12 月，中共中央政治局召开了有关这个问题的会议。在会上，王明声色俱厉地说：“我们和什么人都可以合作抗日，只有托派是例外……在中国我们可以和蒋介石及其属下的反共特务等人合作，但不能与陈独秀合作。”

有人反对说，陈独秀与托洛茨基究竟有所不同。

王明大叫：“斯大林正在雷厉风行地反托派，而我们还要关照托派，那还了得?”

陈独秀无法，只好去过流浪一样的日子。由南京而武汉，由武汉而重庆，由重庆而江津，最后病死在那里。死的时候，他屋里的墙角还堆着自己种的土豆。

在死前，他收到国民党中央秘书长、教育部长托张国焘寄来的五千元汇票。穷困之中收到这么一笔钱，家里人高兴异常。可他却叮嘱家里人，这五千元不能要。并亲自写信给张国焘，退回了这笔钱。

我们由此知道，陈独秀无论在狱中还是临死之前，都保持了他的尊严。做到了富贵不能淫，贫贱不能移，威武不能屈。

我们也由此知道，并不是陈不想去延安，说守常、延年、乔年不在，无人可找，不过是无奈的托词。

由王明的讲话，我们知道，世间有这样的情

况：一个人一旦被自己的组织开除，或是被原来的朋友视为叛徒，那么，他的命运远不如原来的敌人。有时，原来的敌人可以成为朋友，但朋友变成敌人后，再也不会成为朋友了。

这个现象比较耐人琢磨，我为此几乎彻夜不眠，最后终于想出一个解释的理由。那就是，对原来的敌人还缺乏真正的了解，所以对他还存有幻想。而对原来的朋友则了解得太彻底，一点儿幻想都不存了。这样，我们就能理解，为什么原国民党代总统李宗仁归来时，我们礼遇有加，而且死备哀荣。而我们的国家主席刘少奇死时，连自己的真姓名都不能留。

另外，敌人攻击激起人们的多是愤怒、仇恨。而朋友的背离则让人有被骗的感觉，使尊严受到伤害。愤怒与仇恨人们能够承受，欺骗却不能承受，而伤害尊严简直就无法容忍。

从王明的表演，我们还可以悟出，有些人为讨好主子，常常不惜出卖自己的朋友。在这些人心中（如果他们有心的话），主子的旨意就是自己的意志。这样的事说起来太令人丧气，不说也罢。

而看着主子眼色行事的人，常常是人格卑下的人。看看王明后来跑到苏联化名马马维奇的种种表演，我们不能不对他嗤之以鼻。而对陈独秀却不能不在内心升起深深的敬意。套用一下过去的一句话，那就是，陈独秀是一座高山，而王明不过是山下的一抔黄土。

【选自刘成信、王芳选编《一九五八年的中国麻雀》长春出版社 2005 年版】

斯大林的微小缺点

看过电影《列宁在十月》、《列宁在1918》的人，都会留下这样的印象，列宁与斯大林亲密无间，斯大林是列宁的当然接班人。其实，并非如此。

1923年1月4日，列宁在一封口授的信中，说了如下一些话："斯大林过于粗暴，这一缺点在我们共产党人之间和我们的交往中，是完全可以容忍的，但担任总书记一职，就变得不可容忍了。因此我建议同志们想个办法把斯大林从这个位置上撤换下来，任命另一个人担任这一职务。这个人在所有其他方面比斯大林只有一点优势，就是更宽容一些、更有礼貌一些、更客气一些、对同志更关心一些、任性更少一些，如此等等。这一情况可能显得是微不足道的小事，但我以为——这是一件可能具有决定意义的小事。"

在此前另一场合，列宁还曾忧虑地表示："斯大林同志当了总书记后，手中集中了无限的权力。我不相信，他会永远极为谨慎地使用这种权力。”

不久之后，病中的列宁本人也感受到了斯大林那惊人的粗暴态度。

1923年12月，列宁病情加重，18日，中央委员会决定由斯大林监管列宁的治疗和休息事宜，任何人不经斯大林同意不能见列宁。列宁的妻子没有注意到“任何人”三字的含义，照常去照顾列宁。斯大林得知后大发雷霆，责问列宁妻子为何擅自去见列宁。

列宁妻子非常惊讶地说：“你说什么？他是我丈夫！”

“对我来说，列宁是领袖。今后没有我的允许，您不许到列宁那里去！”

列宁的妻子含着眼泪去见了列宁，列宁得知情由，不禁大怒，当即口授一信，交给斯大林，其中说：“您粗暴地把我的妻子叫到电话旁，并谩骂她，不用说，反对我的妻子就是反对我。请你考虑一下，是收回您说过的话并表示道歉，还是你我从此断绝来往。”

列宁不愧是伟大的革命导师，他的确具有远见卓识，他对斯大林的担心，不幸得到了证实。他的粗暴带来的灾难，连自己的亲人也不能幸免。斯大林的儿子雅科夫想结婚，斯大林不但不允许，还嘲笑他，气得他想自杀，自杀没成，他离家出走。斯大林给妻子娜佳写信说："向雅科夫转达我的话：他的表现像个流氓，讹诈者，我同他没有也不可能有共同点。他爱住哪儿就住哪儿去，爱跟谁住就跟谁住。"

妻子娜佳是他粗暴态度的又一受害者。《斯大林秘闻》一书写道："娜佳渐渐成熟，越来越无法饶恕丈夫的粗暴。有时吵架，一连几天不说话。"为了让妻子痛苦，他的罗曼史越来越多。娜佳失去了理智，当着他的面大声辱骂："你是害人的魔鬼，折磨自己的儿子，折磨自己的妻子，折磨全国人民……"

1932 年 11 月 8 日斯大林夫妻俩参加一个庆祝晚会，娜佳像是准备参加舞会，特意穿了一件新裙子，特意做了个时髦的发式。莫洛托夫回忆说："那晚在伏罗希洛夫家聚集了一大群人。斯大林用面包搓了个小球，当着大家的面，扔到叶戈罗夫妻子的身上，我看到了。"斯大林对妻子喊道："喂，你！"妻子回敬了一句："我可不是喂。"说完就离开了餐桌。布哈林看到，喝得醉醺醺的斯大林把烟头和橙子扔到娜佳脸上，娜佳受不了这种侮辱，站起来就走。第二天早上，人们发现，娜佳心口中弹，身旁是一把小手枪。她自杀了。

妻子死后，斯大林对别人的不信任感加深

了。在“揭发和铲除人民的敌人”的口号下，大规模的肃反和清党运动开始了。这场运动长达四年之久，恐怖手段被广泛运用，大批无辜者成了运动的牺牲品。1933 年到 1937 年，苏共党员和预备党员的人数由三百五十万降到两百万，成千上万的人以“反革命”、“特务”的罪名遭到逮捕和杀害。1934 年苏共十七大选出的一百三十九名中央正式和候补委员中，被逮捕和枪杀的有九十八人，一千九百六十六名代表中，被指控犯有“反革命罪行”而被逮捕的达一千一百零八人。

短短几年中，苏军五名元帅被枪杀了三个，十五名集团军司令被整肃了十三名，一百九十五名师长仅剩下八十五名。第二年，苏共领导人布哈林和李可夫以叛国罪被处决。这就是原来看似微小的缺点带来的恶果。

人类的一些灾难就是大人物一些不经意的缺点造成的。对大人物的缺点真是不能掉以轻心。

可是生而为人，怎能没有缺点。如同地里会长庄稼也会长杂草一样，不是什么值得大惊小怪的事。小人物有缺点，大人物一样会有缺点。只不过，小人物的缺点无关紧要，而大人物的缺点却非同小可。就像粗暴，在小人物那里，顶多是家里的妻子儿女以及周围同事多受些委屈。大人物就不同了，顶尖级的大人物就更加不同。小人物粗暴使一家哭，大人物粗暴使“一路哭”，而顶尖级的大人物粗暴，就会使一国哭、天下哭了。

大人物的缺点，就像打偏的炮弹，刚出膛时，偏差可能只是几毫米，可落到目标时，可能已差了几百米甚至几公里，肯定会殃及无辜。

粗暴可怕，权力也可怕，如果二者结合起来，就更可怕。粗暴与权力结合，生出的只能是灾难和冤案的怪胎。

既然缺点不可避免，既然大人物的缺点会造成灾难，就要想办法，约束大人物的缺点，以避免给国家和人类带来灾难。

在现实生活中，我们常常对大人物的缺点无可奈何，总是眼睁睁地看着这些缺点给人们带来灾难。这就说明，我们的约束机制领导制度太不健全。就像一个市级贪官所说，官一当到我们这一级，就没有什么约束了。市一级都没什么约束，更遑论省一级、国家一级。

卢梭说过：“人生而自由，却无处不在枷锁之中。”作为一般人，没有束缚也许有利于发挥创造性，可作为领导者，没有束缚就会滥用权力，滥用权力就会造成灾难。所以，一定要建立强大的约束机制，把领导者的缺点限定在不带来灾难的范围。

毛泽东在活着时，曾经感慨，像苏联大清洗这样的事情，在英美这样的西方国家不可能发生。不要说大清洗，就是克林顿自己裤链没管好这样的小事都不依不饶，怎么能造成灾难呢？

列宁担心斯大林不会谨慎地使用权力，这种担心并非没有道理。别说手中握有无限权力，就是握着一点儿权力的人，有几个知道谨慎使用？有几个不是把权力的作用发挥到极致？问题是，首先不能给一个人无限的权力。有了无限权力的人谁也不敢保证他不为所欲为。好像英国有个阿克顿勋爵说过，权力使人腐败，绝对权力使人绝对腐败。倘若当年斯大林没有无限的权力，他能使那么多将军、中央委员、政治局委员死于非命吗？

人的天性都讨厌约束，有权力的人更讨厌约束。就像毛泽东就总是不无自豪地宣称，我是秃子打伞，无法无天。所以，他搞的“文化大革命”受害的人也更多。

如果我们的领导者都像列宁那样，对领导者的缺点有清醒的认识，并有坚决的态度，灾难或许会少一些。但个人的约束力还是有限的，像列宁，虽然他想把斯大林撤掉，可他重病在身，已无能为力。更何况我们有时指出别人缺点就像表扬一样，怎么能起到约束作用？

看来，只有强有力的制度能约束领导者，如果没有这种制度，一切灾难都会重来，一切悲剧都会重演。

【选自鄢烈山选编《2004中国杂文年选》花城出版社2005年版】

林肯死因别解

林肯被作家托尔斯泰看做音乐界的贝多芬、诗歌里的但丁、人生哲学中的基督。稍有些常识的人都知道，由于他废除黑奴制度，惹的南方蓄奴者不满，南北战争结束后，一个演员于1865年4月14日晚在华盛顿福特剧院刺杀了他。美国大诗人惠特曼以《船长》为题，哀悼林肯的逝世：

啊，船长，我的船长啊！
起来谛听这钟声，
起来吧，
旌旗为你招展，
号角为你长鸣。

每当读到这些诗句，我都黯然为之神伤。为这位伟人的早逝，也为诗人那令人心碎的感情。

本来，这是无可更改的历史，没有什么文章好做。可历史往往经不住细读。这次重读林肯的传记，发现了这样的记载：其实那天晚上林肯不想去剧院，但他的妻子托德主意已定，并说：“我们准备看戏的消息已经公布出去了。”林肯只好改变了主意。

林肯为什么对他妻子那么顺从？因为他一直在心里感激妻子。

他妻子托德是名门闺秀，身段丰满，漂亮健谈，追求者不计其数。可她当时只对丑陋高大、穷困潦倒的林肯情有独钟。托德家族却没有这样的远见，竟不同意这桩婚事，称她自暴自弃并与她断绝关系。但托德是慧眼识英雄，深信林肯是"最有抱负的年轻人，必成大器"。当然，她未必敢想自己将来能成为美国的第一夫人。

对托德屈尊下嫁，林肯感激涕零。所以，在入主白宫后，她四个月买了三百多副手套，林肯假装没看见，甚至，托德高举砍刀在屋里追逐自己，林肯依然与她维持婚姻关系。

感激，让林肯至死对他妻子没有变心。

感激是一种高尚的感情，人怀着感激之心生活往往就心态平和。走在清洁的道路上，我们感激清洁工人；每日丰衣足食，我们感激在大地上日夜劳作的农民；享受着现代化的成果，我们感激创造它的人们。对给了我们生命的父母，对给了我们欢乐的爱人，对教我们成人的师长，对帮助过我们的朋友，我们更是心存感激。没有多少东西是我们理所当然应该得到的，得到了就应感激。什么都觉得自己理所当然应该得到的人，还是离他远些为好。

因此，滴水之恩，当涌泉相报的话便为人所接受。因此，无论是武夫还是文人，对忘恩负义的人都嗤之以鼻。无论古代还是现代，忘恩负义都不是表扬人的好话。

感激是高尚的情操，也是沉重的债务，这种债务我们终生都还不完。

许多人在邪恶面前大义凛然，但在有恩于他的人面前，却手足无措；许多人在各种诱惑面前无动于衷，可在他的恩人面前，却进退两难。许多人在威逼面前无所畏惧，可在恩人的目光中，却不惜以身试法。

有些人掌握了人们的这种心理，便常常施恩于人。

你跌倒了他拉你一把，他有难时你不会袖手旁观；你犯了错误，本该重罚，他为你说情，使你逃过一难，他让你做什么事，你怎么好推托；你在工作没有着落时，他让你有了着落，他有个大事小情你怎能不跑前跑后；你有能力、有水平，可就是没有升迁的机会，他认定你是匹千里马，让你如愿以偿，你对他怎能不肝脑涂地；或者你根本无德无能，他硬是让你高官得做、骏马得骑，你怎能不将他视为重生父母再造爹娘？由此我们就不难理解，坐梁山上第一把交椅的，不是武艺超群的林冲、卢俊义，而是本事不大被称做及时雨的宋江。

感激这种情感是极容易变质的。由于感激，看到别人做错事便不敢批评；由于感激，看到别人违法乱纪也只好睁一眼闭一眼，甚至在需要时帮上一把；由于感激，明明知道别人领错了路，也硬着头皮跟着往下走，怕忘恩负义的名声落在自己头上。感激会让人放弃原则、同流合污，甚至助纣为虐。

于是，有些人便不管够不够条件，乱给别人送乌纱帽，乃至出现一个小县城一次提拔几百名干部的怪事。有些人甚至把正常的晋级调动也视为对别人的恩德，别人对他稍有不从，便被指为忘恩负义。

受恩的人对恩人当然应该终生感激，但施恩者却不能让人一辈子报答自己。当然，债务终究是债务，债务不还总是负担。但还债还是以相等的东西还好，千万别逼人将原则和人格作为还债的东西。

什么时候，人们能将感激与原则、人格分开，我们才有资格说，我们成熟了。

【选自王乾荣选编《2004中国最佳杂文》辽宁人民出版社2005年版】

我也有个发现

我的一个朋友在对中国人进行一番深入研究后，有一个重大的发现，那就是中国的许多老百姓有一种仇富心理，也就是说对富人有一种仇视心理。由于仇视，就给富人捣乱，甚至从肉体上消灭。此发现就像瓦特由壶盖之动想到蒸汽机，像牛顿由苹果之落想到万有引力定律，十分了得。我私下里也一直期望自己有个类似水平的发现，可惜天生驽钝，理想一直未能实现。最近，终于天遂人愿，我也有了一个发现，那就是，许多掌权者有一种仇智心理。

这个发现源于两个有文化的青年惨遭不幸。第一个叫丁作明，名字见于一个关于农民的长篇报告文学中。关于他的事可以写上几万字，但编辑没那么多版面给我，即使给，读者也未必有耐心看，简单点儿说，就是他在当地有点儿文化，标志是当年好悬考上大学。他对照中央文件，发现村里收的费用不合理，就领人上告。结果就像许多上告的人一样遭到了报复，被弄到派出所。

这本来是个说理的地方，却变成了不说理的地方。派出所的人让他给对方拿医疗费，他认准自己没打人，坚决不拿，并表示要上诉。这下惹恼了警察老爷，就让联防队员给“加加温”，也就是给他点儿颜色看看。这些联防队员得到了表现机会，充分加以利用。可他却愤怒地喊道：“我告乡干部加重农民负担，违背党的政策，竟遭这样的毒打，我不怕！就是你们把我打死，我也不服；变成鬼，我还是要告！连你们一起告！”结果不用我说，大家也可能想到，他真的被打死了。

第二个就是刚毕业不久就被人打死的大学生孙志刚。孙志刚的名气比丁作明要大得多，由于他在街上走未带证件而被收容，然后被活活打死。这个事件公开后，国家废止了一个实行多年的关于收容的法规，这在中国也许是空前绝后的事情。关于它的意义，用一句老话说，是怎么估计也不会过分。尽管最早披露这件事情的《南方都市报》现在因此受到报复，而且报复得比较巧妙，但仍然是怎么估计也不会过分。

我之所以看到丁作明的死，立刻想到孙志刚的死，是因为两个死者都是有文化的人。也许他们由于有文化，就相信有理走遍天下，就敢于理直气壮。直到现在，我的耳边总是震颤着孙志刚死后他老父亲那凄惨的话语：“如果没有读过书，不认死理儿，也许他就不会死。”当然，如果面对的是流氓恶霸，他们也会好汉不吃眼前亏，但当他们面对穿警服的人，他们在内心没有把他们往坏处想，他们代表国家呀！可这俩人就忘了一点，警察也有犯浑的时候哇。为什么犯浑？就因为他们一部分人心中有仇智情结。

现在的许多掌权者（包括警察）手里有了点儿权，就想随心所欲，不愿依法办事。而智者讲究理性，讲究规矩，不肯违心地迎合，常常让掌权者觉得别扭，觉得碍手碍脚。再加上他们总要讲一番道理，他人无法辩驳，就只好请出暴力。

有人说知识就是力量，而在一些掌权者心中，知识就是包袱，就是障碍，甚至知识就是罪恶。秦始皇焚书坑儒，仇智也；魏忠贤杀东林党人，仇智也；毛泽东反右，亦仇智也。因为智与知识就像镜子，照出了他们的丑陋，他们不怪自己丑，却恼怒镜子的明亮清晰。

而仇智源于蔑智。在有权者眼中，无论你学富五车，还是专利无数，都是他手中的一个棋子，想怎么摆布就怎么摆布。可智就像海中的礁石，有时会被权力的海水淹没，但它仍然倔强地站在那里，傲视着起起落落的海水。所以有权者就转蔑为仇，智者就因此总被拍拍打打，被贬低，被打击，甚至被消灭。

鲁迅说过：知识和强有力是冲突的。难怪先生这样说，就像面对一块烧热的铁，表面上并没有红色，强有力者命人空手去拿，而智者知道那铁烫人，当然不肯，于是冲突爆发。冲突的原因就在于，知识需要的是逻辑，是常识，而强有力者需要的只是个人的意志，个人的口味，是服从和顺从，而知识总让人不肯轻易地服从和顺从，如此而已。

【选自刘成信、王芳、李君主编《2004中国年度杂文》漓江出版社2005年版】

范仲淹看望小人首领

谁都知道，君子与小人势不两立，水火不容，尤其像范仲淹这样堂堂正正的君子，具有光风霁月的品格，说他与小人交往肯定没人相信，忠奸自古同冰炭嘛。有两件事可以证明他的磊落，一是上疏反对权势熏天的刘太后，二是与宰相吕夷简当面冲突。

刘太后就是民间传说中搞狸猫换太子把戏那一位。当时她像武则天一样不可一世，大伙儿全巴结她，她过生日，礼官提议仁宗率百官献寿，范仲淹认为这是“亏君体，损主威”，坚决反对，太后一听，不高兴了，让宰执讨论。宰相晏殊是范仲淹的恩师，把范仲淹叫来，怒责他轻率坏事。他却坚定地说：“真没想到因直言正论而开罪于你。但倘若以为我疏而进心不谓之忠，言而无隐不谓之直，而今而后就不知所守了！”晏殊惭愧得无以应对。不仅如此，范仲淹还上疏请求太后还政，虽然因此被贬斥，依然泰然处之。

吕夷简是当朝宰相，曾三次拜相，权势炙手

可热。有一次，两人在一起议论人物，吕宰相说，我阅人很多，却没见过节行之人，范说："天下确有这样的人，只是你不知道而已。你以这种想法待天下士，无怪乎节行之士不来。"难怪李贽说出这样的话，"宋亡，范公不亡也"。

1035年范仲淹回到京师，权知开封府的重要职务，他精心画了一幅《百官图》呈献皇上，指明谁谁谁的升迁夹杂了宰相的私心。吕宰相当然不能接受，就以"越职言事"的罪名，把他请出京师。不仅如此，他还让人上疏，请求在朝堂上立一块"朋党榜"，将范仲淹等人的名字写在上面，使大家引以为戒。

两个人几乎不共戴天，谁要说范仲淹曾经看望过这个小人首领，不要说他儿子，就是我们都不相信。

在范仲淹等人的心中，吕夷简无疑是头号小人，他应对国家的一切内忧外患负责。

而吕宰相也有他的苦衷。他入主中书之日，国库空虚，机构臃肿，边境告急，盗贼遍地。他感到自己无能为力，他夹在自负的太后和懦弱的皇帝之间无所作为。

但他也不愿与人结怨太深，在范仲淹被贬几年后，他又举荐范仲淹任了重要官职。那时宋夏战争爆发，他推荐范仲淹经略西事，使他能立功边陲。

得知这些，范公在离开政府的时候，专门看望了奄奄一息的吕宰相。吕宰相逝世，范仲淹撰文说：“得公遗书，适在边土，就哭不逮，追想无穷，心存目断，千里悲风。”悲痛之情溢于言表。

不过范仲淹的儿子范存仁否认此事，称“我父亲至死未尝解仇”。欧阳修在《范文止神道碑》中说“二公晚年欢然相得”，范存仁请欧阳修修改这一段，欧阳修很不乐意，说道：“这些都是我亲眼见到的，你们还年轻，怎么会知道?”

范仲淹后来也开始对庆历新政进行反思。他在给朋友的信中写道：“汉代的李膺，就是因为处世黑白太明，尽管一身洁清，千古不昧，却遭禁锢戮辱，引起邪正相激的内耗，以致汉室速亡。前些年几位君子同道感遇激发，高议直指，不恤怨谤，招来群起而毁之的结果。我今天才懂得，若与国同忧，就不要专尚名节，因个人意气误了邦国大事!”由此，范公进一步总结立朝处事的要诀：“身安而国家可保，岂特厚于己也。”此话如果不是收入《范文正公集》，别人也许不会相信是他说的。

中国的官场是个非常奇特的地方，男盗女娼的人，进入里面，就变得道貌岸然；一身正气的人，进入里面，有时竟变得委委琐琐；无论多好的筹划，在那里都会无限期搁浅；不管多荒唐的决定，在那里都可能获得通过；上级在下级面前可以幽默，可以训斥，可以挖苦，而下级在上级面前，就只好毕恭毕敬；同僚之间，像贼一样互相防着，面对上司，又都变得像同属于一个男人的妻妾般争风吃醋。

多少人，在刚进官场时意气风发，锐意进取，仿佛要横扫天下，澄清宇内一般。可碰了大大小小的硬钉子软钉子后，就不得不踌躇彷徨，不得不改变策略。领教厉害之后，好一点儿的，我行我素；差一点儿的，就随波逐流，甚至干脆与丑恶同流合污。在官场上人容易失去自己，变得不由自主。因为官场上有另外一套是非标准。百姓衡量当官的，看他给不给百姓做事，而当官的往往只在乎你听不听话，甚至只看你送不送礼。

到了官场，就知道了官场的复杂，社会的复杂，上上下下，盘根错节，今日为敌，明日为友，司空见惯，不足为奇。尽管在历史上，官场上常常划分君子小人，可实际上往往你中有我，我中有你，界限并不那么分明。人人都觉得自己是君子，而对手是小人。我们不得不检讨，我们的生活里为什么充斥这些概念，而不是别的。

在官场上，有能力德行好的人不一定升迁，

没能力德行差的人也未必被贬，甚至正好相反。溜须拍马的人常常春风得意，特立独行的人往往处处碰壁。有时，在那里并没有绝对的是非。今天是错的，明天可能就变对，而今天是对的，明天可能就成错。就像以前提倡上山开荒，今天又退耕还林；以前光讲产量，现在只讲推销。比如在军事上的进攻与防御，在建设中的统一与分散，由于所处位置不同，见解常常不同。由此划分出的力量不会一成不变，不必因此就把对方当成阶级敌人一般，斗得你死我活。等过了一段时间再回头，就会发现，许多当年的争论是那样幼稚可笑。换一个角度看问题，就会觉得对方也很有道理。就像范仲淹所说："凡为官者，私罪不可有，公罪不可无。"只要自己不贪污，不枉法，不有意陷害，不公开欺骗，不冒领荣誉，不诬告别人，不卖主求荣，大节无亏，工作上争争吵吵、眼高眼低，十分正常，谁也不会永远正确。

也许就因为明白了这些，范仲淹才去拜见当年的对头——他心目中的小人首领，而且在这个人去世后还写下了情意真挚的悼文。

【选自刘成信、王芳、李君主编《2005中国年度杂文》漓江出版社2006年版】

思想的作物这样生长

我们今天的许多常识，当年曾被视为谬误，受到过声讨。比如地球围绕太阳旋转，比如血液在血管里流动。我们现在许多习以为常的事物，当初出现的时候，竟被视做洪水猛兽，比如火车，比如西服。许多人为此付出了惨痛的代价，轻则误解、责骂，重则入狱，甚至死亡。所以，当我们享受现代文明的时候，应该感谢那些先驱者。

清代第一位驻英法公使郭嵩焘，在那个君权至上的时代，不仅敢于考究西方整体，而且敢于肯定其长处，因而不见容于当世，死后九年仍有人要开棺鞭尸。他介绍西方情况的书被毁版，严禁流行。他的副手指责他有三大罪状：一为游炮台时居然穿了外国人的衣服；二为见了外国国王居然站起来；三为听音乐会居然拿节目单。这些罪状现在听起来似乎可笑，可当年控告的人煞有介事，听的人似乎也义愤填膺。以致他任期未满，奏请因病销差，朝廷立即应允，并立刻派人接任。他的思想比当时的中国人先进二十年，比有些人恐怕要先进一百年。他回国后几乎没人敢用他，许多人把他视为汉奸。

在中国，正确的少数常常成为社会的公敌，尤其在思想禁锢的时代、专制横行的地方。

人们知道，民主的要义是少数服从多数，但在专制和假民主的社会，多数的意见也就是统治者的意见，并非他们内心的意愿。正如鲁迅所说，过去是以独凌众，现在是以众虐独。

流俗众，仁者稀，这是自古以来让人无可奈何的话题。

在我们国家，清醒者常常是少数，而且总让人觉得不合时宜。1958 年，陷入狂热的是多数，清醒者是少数。十年浩劫更不用说，真正的清醒者几乎屈指可数。

清醒者并不由于自己的清醒而受到人们尊重，反而倒被多数人视若寇仇，不是被整就是被害，使人们惧怕于自己的清醒。就是现在，能看破世俗，不往仕途上挤的有几个？不被金钱牵着鼻子走的又有几个？

过去说十亿人民九亿赌，十亿人民九亿商，是感慨于多数的盲从，也是惊叹于多数的力量。多数是可怕的，他们能像大海一样，把几个清醒者淹没。

当然，多数并不是所有的时候都错。1976 年，多数人上街悼念周恩来总理，现在看没错，1989年多数人悼念胡耀邦也没错。

少数清醒者面对浑浑噩噩的多数，不免焦虑。不想与多数为敌，不投降就得沉默，或是耐心等待历史来悄悄改正。要想让清醒者在当世被供奉，纯是幻想，当世不被整死就是万幸。

正常的社会，不应让少数清醒者受难或受压。不让他们受难受压的途径，就是给他们公开发表意见的机会。不要让他们的看法只留在日记里、书信中、发言记录上，而是在报纸或刊物上公开发表出来，让大家讨论、鉴别。这样，使少数的意见不会没开花就凋谢。

一个正常的社会，不会让有独立见解的人觉得无地自容，不会让他们为自己的见解丢掉工作、失去尊严，甚至失掉生命。只要给大家充分发表意见的机会，不以势压人、以众压人，悲剧就不会发生。

有些思想不被人们接受，并不是人们认识水平低，而是统治者出于偏见或需要，一开始就将其置于不利的地位。就像穿着制服的警察，押着一个人，告诉大家，这是小偷，谁还会去验证呢？有的当官的弄虚作假，为非作歹，被人揭露，他们不但不反躬自责，反倒向揭发者发难，使揭发者成为众矢之的，让这些人在他统治的地方抬不起头。好像他那里经济衰败，开不出资，不是自己贪污腐败内里蛀空的原因，反倒是由于别人揭露造成的。于是，动用权力，煽动多数人对正直揭发者的义愤。作恶之人扬扬自得，正直之士反倒成了过街老鼠。

许多先驱者的悲剧在于，他们的思想刚刚萌芽，就被权力的大手掐死。如 1957 年许多右派的看法，如马寅初关于人口的看法，如顾准关于商品经济的看法，如果能允许正常讨论，谁胜谁负，正未可知。

沙漠里长不出参天的大树，板结的土地上长不出茂盛的庄稼。思想的生长，同样需要适合的土地。如果没有适合的土壤，思想的作物很难存活，即使孤单而顽强地生长了，也难免在愚昧的风暴中凄惨地倒下。

【选自赵阳主编《难忘的 100 篇经典杂文》人民日报出版社 2005 年版】

最后的试卷

有人说，人生是一本书，老年是它的封底，一本书读完了，何必在乎它的封底呢？这话刚听觉得有理，细品起来，就发现不对。中国人，尤其是有些影响的中国人，人们在回顾他的时候，常常只看一个点，而不看一条线。比如，人们看袁世凯，就记住了他当了八十三天皇帝，至于他其他种种好处或坏处就无暇顾及了。那八十三天皇帝就是一个点，有了这个点，就将别的点和面都盖住了。就像黑色，往画面上一涂，整个画面就变黑了。人常常在最关键的事上定格，那个造型将永不改变。就像董存瑞托起炸药包，黄继光跃身堵枪眼儿，就永远留在人们记忆中。

二十世纪三十年代，日本人侵入中国，让中国人尝到了做亡国奴的滋味儿。他们也许从中国“以夷制夷”的策略上受到启发，对中国要“以华制华”，也就是借用中国人统治中国人。而这个中国人又不能是一般的官员或富翁，必须是过去当过首脑，有些威望的人。北洋的军阀头目，便成了他们争取的主要对象。出乎他们意料的是，在这些表面有些粗鲁的中国军人面前，他们都碰了壁。而这些在史册上不乏劣迹的军阀，交上了令人欣慰的答卷，留下了最后的辉煌。

徐世昌的名字现在许多人已经很陌生了。因为他没有突出的政绩，也没有昭彰的劣迹。但他确实当过几年中华民国的总统。“七七”事变后，汉奸王克敏曾以师生之谊前来拜会，企图拖徐世昌下水。徐闭门不见，并向人表示“我没有这样的门生”。曹汝霖也来充当说客，声称徐如能出山，和日本订立亲善条约，日本即可撤兵，徐以年老婉辞。曹告辞后，徐对门房说：“以后曹若再来，就说我不在家。”1938年日军师团坂垣和特务机关长土肥原约徐世昌定期会面，徐拖病未见。日方不死心，又派徐的两个门生来游说。一个姓金的学生劝老师不要失掉千载难逢的机会，徐以年老多病推辞，并怒斥金曰：“你太浑。”金也反唇相讥地说：“老师才浑啦。”徐闻金出言不逊，不禁潸然泪下，伤心地说：“想不到我这个年纪，又碰到这一场。”言罢，拂袖上楼。并从此装病，闭门谢客。

我们再来看吴佩孚。

吴佩孚最潦倒的时候，退居白帝城，日本第一外遣舰队总司令和海军驻沪特务机关长曾专程拜访过他，表示愿供私人借款一百万元和无偿赠予十万支步枪，五百门钢炮，两千挺机关枪，支持他东山再起。这对一个当过将军的人，确实具有诱惑力。但吴语气坚定地回答："过去我曾有枪，不止十万，有钱不止百万，可见成败并非在枪炮与金钱。我如愿引外援借外债，何必待到今日！中国的事应该由中国人自了。"1937年日寇占领北平后，要建立傀儡政权，看好一文一武两个人。文的是汪精卫，武的就是吴佩孚。汪精卫答应合作了，从中国战时陪都重庆逃到河内，但一直在日本人手底下的吴佩孚却沉默如山。对汪精卫，他曾回过信："公果能再回重庆，通电往来可也。"言外之意，你只要还在日本占领区，就别来烦我。日本人还越俎代庖地为他安排过一次记者招待会，他尚未开口，中外记者们已经读到了日本人代写并打印好的《吴氏对时局的意见》。《意见》称：他已决定参与"和平运动"。一身中国绅士装束的他，放下打印稿，一字一句地说：唯"平"乃能"和"，"和"必基于"平"。本人认为，中日和平，唯有三个先决条件：一、日本无条件自华北撤兵。二、中华民国应保持领土和主权之完整。三、日本应以重庆（国民政府）为全面议和交涉对手。

怕在场的日本人听不懂，他厉声令秘书"断

乎不可更改”地将自己最后的“政治宣言”翻译成日语。此后不久，吴佩孚意外地被饺子馅儿里的骨碴硌伤了牙，腮部红肿，疼痛难忍。于是，华北伪政权的军事首领齐燮元和一位担当特务机关长的少将带日本军医处长和护士匆匆赶来，对他进行治疗，短短十天，他就去世了，时在1939年12月4日。

知道了这些事情，我们再来读他曾写过的《满江红·登蓬莱阁歌》就会别有一番感慨。

北望满洲，渤海中风浪大作。想当年，吉江辽沈，人民安乐。长白山前设藩篱，黑龙江畔列城郭。到而今倭寇任纵横，风云恶！

甲午役，土地削，甲辰役，主权堕。江山如故，夷族错落。何日奉命提锐旅，一战恢复旧山河。却归来永作蓬山游，念弥陀。

他还写过这样两句诗：“天泪落时人泪落，歌声高处哭声高。”无论从哪个角度讲，这两句诗都是好诗。

段祺瑞因为制造了“三一八”惨案被鲁迅好一顿声讨，“九一八”事变后被日本军方列入了“合作者”的花名册。日本人巴望着曾是中国头面人物的老段出面组织华北的伪政权。但老段虽有亲日恶名，但是未同异国入侵者接触过。倒是他的老友和部下有几个耐不住寂寞，当了汉奸。

为了不让一位有影响的前国家领导人为敌寇所挟，蒋介石写亲笔信，恳请“芝泉老”南下。当六十九岁的段祺瑞抵达南京浦口时，不光在京的少将以上的军人集体过江迎迓，蒋介石本人也亲自到码头恭候。享受国宾级待遇的老段，当即对记者发表了对时局的书面讲话：“当此共赴国难之际，政府既有整个御侮方针和办法，无论朝野，皆应一致起为后援。瑞虽衰年，亦当勉从国人之后。”后来他从南京移居上海，有记者登门采访，他铿锵作答：“日本横暴行为，已到情不能感理不可喻之地步。我国惟（唯）有上下一心一德努力自救。语云求人不如求己。全国积极备战，合力应付，则虽有十个日本，何足畏哉?”

曹锟在历史上名声更不好，为了过把总统瘾，不惜大把花银子贿赂选举者，留下了“贿选总统”的恶名。1937年卢沟桥事变后，华北沦陷。曹锟的老部下纷纷落水，出任汉奸政权要职。日本侵略者还千方百计地拖曹锟出来当傀儡，年迈的曹锟在刘夫人劝导下，立誓宁肯喝稀粥，也不给日本人办事。日本人碰壁后，派出已当上伪“华北治安军”总司令的齐燮元前来叩门，曹锟夫妇让家人把他关在门外。接着河北省省长高凌蔚又奉日寇之命来访，曹锟一见，脸色陡变，大声吼道：“你给我滚出去，以后不许你登曹家的门!”吓得高凌蔚浑身哆嗦，被几个侍从架着慌忙溜走。

日本人打主意最早的莫过于东北王张作霖，最有戏剧性的也是这个土匪出身的张作霖。

某次，张作霖出席日本人的酒会，三巡酒过，一位来自日本的名流，力请大帅当众赏字，他也许知道张作霖出身绿林，识字有限，想当众出他的丑。但他抓过笔就写了个虎字，然后题款，在叫好声中，掷笔回席，那个东洋名流瞅着“张作霖手黑”几个字笑出声来。随从连忙凑近大帅耳边提醒：“大帅写的‘手墨’的‘墨’字，下面少了个‘土’，成了‘黑’了。”哪知张作霖一瞪眼睛骂道：“妈了个巴子的！俺还不知道‘墨’字怎样写？对付日本人，手不黑行吗？这叫‘寸土不让!’”在场的中国人恍然大悟会心而笑，日本人则目瞪口呆。

大元帅府的电报处处长周大文回忆说：“1928年5月17日，日本驻华公使芳泽谦吉求见张作霖，张将芳泽晾在客厅，自己在另一间屋里大声嚷着说：‘日本人不讲交情，来乘机要挟，我豁出这个臭皮囊不要了，也不能出卖国家的权利，让人家骂我是卖国贼，叫后辈儿孙也都跟着挨骂，那办不到!’”

日本驻奉天总领事吉田茂某次为中日交涉，

曾向张盛气凌人地说道："你要真不接受的话，日方当另有办法。"张乃反唇相讥地答道："怎么说？你们有什么好办法，尽管拿出来，难道又要出兵吗？我姓张的等着你好了。"说完话，起身送客。

在张离开北京之前，芳泽仍去纠缠张作霖，逼他正式履行《日张密约》。对这种趁火打劫的行为，张作霖非常气愤，在办公厅大声骂道："日本人不够朋友，竟在人家危机的时候，掐脖子要好处。"拒绝在芳泽送来让他签字的文件上签字。1928 年 6 月 4 日，当他的专车开到皇姑屯附近时，日军（一说为苏联特务）按动电钮，张作霖的车厢被炸得粉碎。

一代有血性的中国军人，就这样向国人和历史交上了最后的试卷，为自己书写了最后的光荣。

有人可能觉得奇怪，从哪个角度看，他们都是最容易迈出那可耻一步的人，而他们却坚守了人生的底线。这是怎么回事呢？

人生有大是大非，卖国不卖国就是大是大非，他们在大是大非面前决不含糊；人生有做人的底线，不当汉奸就是一个底线，谁当了就会留下千古骂名，所以他们守住了这个底线。

孔子讲，老年，血气即衰，戒之在得。其实

人的一生都在想得，得什么呢？得权力、得金钱、得美女、得名声。这些东西诱惑实在太大，想戒实在太难。尤其是权力，诱惑力更大。就像唱词中说的："宁可少活十年，不可一日无权。"男人们整天争争斗斗打打杀杀，不就是为了一个权吗？有了权，也就有了钱，有了钱和权也就有了美女。无怪乎有些人已经卧床不起了，还惦记着权力，有些人已经病入膏肓了，还把住权力不放。

上面提到的几位本来已多从权力的高峰退下，他们尝到过权力的甜头儿，就像吸大烟的人，对大烟有一种依赖。可他们面对日本人送上的"权力鸦片"能断然拒绝，这需要多大的定力。他们心里清楚，这种选择是要付出代价的。接受了，就是荣华富贵；拒绝了，可能就有生命之虞。但他们依然义无反顾地选择了拒绝。我们由此知道，这世上还有比权力更重要的东西，那就是大是大非，那就是做人的底线。

孔子说："邦有道则现，无道则隐。"就是说国家好的时候可以出来做官，国家不好的时候就在家眯着。可有些人不听老祖宗的话，不管啥时候，都奔着奔着去当官，甚至不惜出卖自己的人格。就像汪精卫，日本人来了，你躲几年得了，偏偏要去赶那个场，想想就让人生气。

文章写到这里，本该联系现实，用种种不争气的现象，来与当年的军阀比照一番。可现在没有强敌入侵，只有腐败横行，不好作比，但在腐败面前，有些人没等打上几个回合就败下阵来，看来，这腐败比小日本厉害多了。

【选自向继东选编《2005中国文史精华年选》长江文艺出版社2006年版】

应该让谁瞧得起

偶到饭店小吃，恰逢邻桌有几位青年人觥筹交错，原来是一个老犯刚从监狱里出来，那帮弟兄们在给他接风。酒酣耳热之际，只听那个被迎接的人高声说道："俺们那个李管教最叫我瞧不起。"一个犯人，对管教他的人，只有老老实实听管的份儿，溜须讨好还来不及，怎么还敢瞧不起人家？我不由来了兴趣，竖起耳朵听他讲瞧不起管教的理由。那位喝的有点儿高，语句不够连贯，听了半天，总算听明白了，原来犯人家属给犯人送的烟和吃的，他总是从中克扣，打包拿回家。

人活在世上，无论他地位多么卑微，都有一套衡量是非的标准，尤其对一些特殊行业，这个标准几乎惊人地统一，就像事先约定好了似的。你达不到这个标准，或者超过这个行当的底线，人们就会瞧不起你。

比如你是医生，你不仅应该让同行瞧得起，也应让病人瞧得起。病人虽然不会看"B 超"什么的，但你是不是用他的账号为别人开药，是不是他手上只破个小口，你让他作全身检查，一花就是上千元，这他心里肯定知道。在他被推进手术室后，你不给人打麻药，相反暗示人家给红包，这病人更知道。他虽然把红包给了你，但在他心里你不过就是个穿白大褂的乞丐。

当老师理所当然应该让学生瞧得起，可现在的学生常常瞧不起老师。学生不指望你上通天文下通地理，无所不通，无所不晓，但在专业上，怎么也得说得过去。你教历史，就不能把诸葛亮说成秦朝的，把康熙说成元朝的；教语文就不能把李白说成戏剧学家，把蒲松龄说成诗人。否则学生就会瞧不起你。如果你眼睛里只有干部子弟，或者该讲的知识不在课堂上讲，而是让人到你开办的补习班上再讲，就更让他们瞧不起。

你是个记者，只是像喜鹊一样唱喜歌，或者像八哥一样鹦鹉学舌，要叫人尊敬很难。如果你对多数人的困境视而不见，对多数人的痛苦充耳不闻，一支笔只去关注鸡毛蒜皮，为少数人说话，甚至颠倒黑白，为个人或所在单位谋私利，搞有偿新闻，或来点儿更绝的，搞“有偿不新闻”，那就只能让人鄙视。

当领导的一般都自我感觉良好，不大在乎人们的看法，别人在他们跟前都要点头哈腰、低眉顺眼。在他们心里，只要顶头上司认可了，别人就是天天戳他们脊梁骨也无所谓。可如果你决策一再失误，决策失误造成的损失比贪污造成的损失还大，整天说大话，喝大酒，坐小车，泡小妞，只知往兜里捞钱，不肯为百姓谋利，人们嘴上不说，心里能不骂吗？

有些人被人瞧不起，不是由于水平低，而是做人有问题。他们可能会想，我干吗要让我不在乎的人瞧得起，你瞧不起又能奈我何？其实不然。

一个正常的社会要有正常的秩序、正常的心理，内心要有敬畏。内心毫无敬畏，就会出现做人危机，这比什么危机都可怕。医生要让病人瞧得起，老师要让学生瞧得起，作者要让读者瞧得起，领导要让部下瞧得起，父母要让儿女瞧得起，人要让所有自己不在乎的人瞧得起，这才是个正常世界。

【选自鄢烈山选编《2005中国杂文年选》花城出版社2006年版】

让庙里没有屈死的鬼

有时候，小学生的作文也能给人警醒。

因为他们还没有学会说假话，所以我们能看到一些真实的东西，所谓童言无忌。长大后，吃的亏多了，还能不能继续无忌就难说了。

记得前两天看一个小学生的作文，写她受的一场冤屈。说是两个同学打架，她去拉架，结果，老师放过了打架的学生，罚她站了一节课。那个孩子在作文中说，我真比窦娥还冤。

一个孩子被冤，气性小的回家诉一顿苦，赚得一两声同情的叹息，也许就没事了；气性大心路窄的，极有可能一时想不开选择跳楼或是投河。这不是吓唬当老师的，前些日子电视上不就播过这样的事情吗？所以，当老师的在批评学生的时候还真得留点儿神，别无意中断送一条青春的生命。

彭德怀一生南北驱驰，叱咤风云，几曾流过泪？可当他听说文件中竟然说他里通外国的时候，这位身经百战的元帅，竟然痛哭失声。他因为上书惹了一场天大的麻烦，一下子从堂堂的元帅成了一个务农的老乡，那时，他没有哭；可当他受了无中生有想不到的冤屈，却禁不住老泪纵横。谁能说他的死和这冤屈没有关系呢？

十年浩劫之所以遭到彻底否定，也许不仅仅在于是领导人错误发动被反党集团利用的运动，而是它的冤案太多，所以后来胡耀邦平反冤假错案才大得人心。也许可以这样说，不管什么运动，冤案多了都不得人心，都不是什么好运动。

元帅如此，百姓又何尝不是如此？一个教师在二十世纪六十年代被诬强奸了女学生，被抓进监狱，丢了公职。四十多年他一直在冤屈中煎熬，青丝变成白发，青年成了老年，今天虽然名誉给恢复了，可青春的时光却永远也回不来了。

过去，人们为了开导受委屈的人，常说哪个庙里没有屈死的鬼。言外之意是，冤枉人的事情是经常发生的，不是就你一个人倒霉，想开点儿吧。作为一句劝人的话，有时它可能会起点儿麻醉作用。但一时麻醉容易，谁能让自己永远麻醉呢？这也许就是过了几十年依然有人为自己的清白不息奔波、不停上访的根源。

一个人平白无故遭受冤枉固然令人怒从心头起，做好事被人误解更是有口说不出。难怪现在的人看到有人被车撞倒或在路上摔倒连搀扶一下都不敢，人们实在是怕担无妄之灾。无故冤枉人就像毒气的气源，污染了人心，败坏了社会空气。

其实，冤屈人的事的确是经常发生的。但仔细想想这样的事之所以发生，一是由于沟通不利，另外就是法制不完备。不能设想大量的冤案会出现在法制完备的社会。美国有一个著名的辛普森案，说一个球星杀了妻子，作案的鞋和手套都找到了，可他硬不承认。最后不知在法庭上折腾多少个来回，把法官和陪审团的人都弄得疲劳不堪，结果还是判那小子无罪。那小子真他妈幸运。

法制不完备是冤案的温床，要想真正减少冤案就要真正实行法治。不管一个人有多大权力，也不能随便给人安个罪名。当然，有权势的人冤枉人比较方便，哪个冤案背后不牵涉几个权势者？我们正在建设和谐社会，和谐社会的标准可能有千条万条，但一定少不了这样一条，那就是，保证每一个守法的公民不受冤屈。

【原载2007年3月19日《西安晚报》】

领导们共同的缺点

朋友们相聚总免不了说些大伙儿感兴趣的事，而且古往今来，天上地下，无所不包；从世界杯到黄段子，从孩子升学到干部升迁，应有尽有。有一天，忽然就提起考核干部，有位新干部填写个人自我评价一栏时，十分为难，因为除优点而外必须写一条缺点。写一个，不满意，又写一个，又不满意，几经踌躇，最后就像皇帝选皇后一样，总算选定了一条：工作有时有些急躁，交了上去。没承想座位上有一个专门搞干部考核的人说，几乎所有干部的缺点都写的是这一条。也就是说，领导干部们的共同缺点是工作有时有些急躁。

为什么大家不约而同选定这一条呢？首先是这一条大家心理上都能接受。这一条多好哇，首先是咱们工作了，只不过有时急躁而已。那就是说，不是所有的时候都急躁，所有的时候都急躁，那就显得太没风度，也容易给人造成不稳重的印象，不稳重可是年轻干部的大忌，犯忌的事可来不得。而且，急躁尽管不好，可它毕竟与雷厉风行是邻居，一不小心就让人想到那上去。何况急躁的程度也非常有限，只不过是有些而已，就像酗酒不好，可偶尔喝点儿，却有舒筋活血的功效，无伤大雅的。

倘若不填这一条，换成别的缺点，那你就看热闹吧：比如你填一个不注重学习。这也许是真实情况，整天除了开会就是赴宴，当然还有别的应酬，哪里还能静下心来学习，能把上面发的文件好好学学就算不错了，哪还有工夫去学别的？只是，如果你真的写上自己不注重学习，那就意味着你将止步不前。现在日新月异，新事物层出不穷，不学习怎么能跟上时代发展？不注重学习落在别人后面，怎么能领导别人？这条填不得。

学习这条还算虚的，虚的尚且如此严重，那实的就更不得了。比如说有些过于谨慎。谨慎就显得没有魄力，现在虽然不是人有多大胆地有多大产的时代，可毕竟鼓励干部开拓创新，开拓创新是啥意思？就是不要谨小慎微，你的性格正好与上面的要求相悖，那还能有什么好果子吃？

比如深入实际有些不够。本来整天迎来送往大会小会已经把时间占满，而且上面一开会就指定哪一级领导参加，不参加就像瞧不起人家似的，上面的都是爹，哪一个也不敢得罪，你本想深入实际，可哪有时间？可你如果不深入实际、深入基层，你怎么了解下情，怎么作出正确决策？你写上这条，就意味着你的决策是无源之水无本之木，怎么靠得住？

当然，比这更严重的就更不能写，比如应付差事、不解决实际问题、损公肥私、不奉公守法、包二奶、贪污受贿，这些都是要命的东西，都说不得。怎么办呢？还是工作有时有些急躁来得简单，就是它了。

这一条是谁先发现的呢？真该给他发个诺贝尔奖。

【原载 2007 年 5 月 14 日《西安日报》】

岂有堂堂中国空无人

改变人的并不都是惊天动地的大事，而常常是身边一些并不起眼儿的小事。

前些日子，我的家乡搞了一次《本溪赋》的征文，刚开始发征文启事时我便隐隐担忧，能搞起来吗？为何存在这种忧虑呢？我对家乡的文艺创作情况还算比较熟悉，也知道赋这种古老的文体难以驾驭，以我掌握的情况估计，本溪这个地方能熟练操作这种文体的也就五六个人。可随着征文的发表，我越来越不相信自己了，怎么一下子冒出这么多文章高手？我认定能写这种文体的人还没露面，这些文章就开始源源不断地闪亮登场，而且争奇斗艳目不暇接。我始而惊继而喜，再继以深深自省。在自以为熟悉的领域尚且有出乎意料的事情，而那些自己并不熟悉的地方岂可妄下断言。

其实，有些自以为熟悉的领域，我们并不完全熟悉。就像我们天天仰望的星空，就像我们日日使用的身体，谁敢说自己真正了解了？由于自以为熟悉，就底气十足，异常自信，听不得别人的意见。一旦事实证明自己的判断是失误的时候，又对自己怀疑起来。尤其是在对人的判断上。就像有些领导选人，就能看见眼皮子底下那么几个人，以为除了这几个人别人谁也不行，因而就只相信自己的眼光，而不相信多数人的眼光。以为只有自己目光如炬，能洞穿别人的五脏六腑，能像反扒高手捉贼一样，一捉一个准。

其实事情哪能这么简单。历史告诉我们，再了不起的人也有看错人的时候，有选错人的时候，因为每一个人看人都有他的盲区。唐太宗号称明君，可他选自己的接班人竟选了一个窝囊废，让老婆把权力弄过去了。对毛泽东许多人崇拜得五体投地，他阅人无数，可他选的接班人照样不行，林彪跑了，王洪文不成气候。为什么？个人眼光终究有限，难免有误也。难怪当一把手的人总是叹息人才太少，尤其是遇到困难和危机的时候，总是恨恨地抱怨没有人才。他眼里往往只有听话的人，能揣摩他心理的人，别人常常进不了他的法眼。他每天接触的就身边那么几个人，那几个人还都看他脸色行事，怎么看怎么不像人才。而另一个政权一起来，也不知从哪儿钻出那么多人才，就像给人上眼药一样。或者可以得出这样的结论，领导这事儿，根本就不应让一个人指定，尤其是国家的领导，大伙儿看中算。

人外有人，天外有天，在文学界如此、政界如此，在科学界也如此。最近看到两个物理学家的史料，让我感慨良多。这两个科学家一个是束星北，一个是吴有训，两个人都是从旧制度下的中国过来的，都被外国的科学家认可和看好，都有造原子弹的能力和愿望。但中国研制原子弹的时候，居然没让这两个人沾边儿。在外国人看来，这两个人不参与研制原子弹，简直有些不可思议。他们自己是不是认为没有自己原子弹就造不出来，史料上没说，我也不好信口雌黄。我所知道的是，当束星北听到原子弹爆炸的消息后，放声大哭一场。吴有训在参加接见研制人员时显得手足无措，在讲话时面对听众竟出人意料地这样开场："同学们……"因为参加原子弹研制的多是他的学生。造原子弹不是削个木头手枪，谁都能干，那是真正的高科技，没几个人明白，就是现在也没有几个人能摆弄。这样的大科学家被白白闲置起来，实在让人扼腕痛惜。不但他们自己号啕痛哭，就是我们这些后人，也不免洒一掬同情之泪。但这件事也从反面证明，这个地球离开谁都照样转动。用老百姓的话说，就是，死了张屠户，照样不吃混毛猪。

中国人只要不搞窝里斗，依法办事，把心思

用在正经地方，什么都难不住我们。只不过我们常常被各种有形无形的东西束缚，被束缚还不敢挣脱，甚至连挣脱的想法都没有。而一旦脱去束缚，我们不仅可以造出飞机大炮，也能造出原子弹，弄出宇宙飞船，至于什么电视、电脑、手机，就更不在话下。

任何时候都不应忘了陆游那句话：岂有堂堂中国空无人？

【原载 2007 年 10 月 31 日《北海日报》】

人何以变成禽兽

孟子一向被人视为“亚圣”，他的话虽然没能达到孔子那样人人张口就来的程度，但人们还是耳熟能详，什么“富贵不能淫，贫贱不能移，威武不能屈”啦，“民为贵，社稷次之，君为轻”啦，还有什么“生于忧患，死于安乐”，“天时不如地利，地利不如人和”啦。可见，这亚圣还是不白给的。

但有一句话人们可能既不耳熟也不能详，那就是“人之所以异于禽兽者几希”。什么意思呢？就是说，人和禽兽相差就那么一点点。换一句话说，就是，人是很容易变为禽兽的。为什么呢？用孟子自己的话来说，就是“无恻隐之心，非人也；无羞恶之心，非人也；无辞让之心，非人也；无是非之心，非人也”。他的标准忒高，按照他这个标准往下卡，够高的恐怕不多，尤其是“辞让”一条，就得把许多人卡下来。你在火车站奋勇抢过座，或是排队时猛劲儿加过塞，就失去做人的资格了。所以，谈这个问题可以把这一条暂时排除。我们可以把这个标准稍稍抬高一点儿，那就是，不干人事的人即可以视为禽兽。

但我想的最多的问题不是禽兽的标准问题，而是人为什么会成为禽兽。我费尽心思，挠破脑皮，好不容易想起三条，斗胆奉献于家乡父老面前。

一曰漠视生命。本来天地间人的生命最为宝贵，如果说天地间真有无价之宝，那就是人的生命。可在有些人那里，只有自己的生命才是生命，别人的生命就不算生命了。就像黑社会的人，竟然以戏弄别人的生命为乐。有时杀一个人就像杀一只小鸡或一只兔子那样不当回事。至于那种种手段不说也罢，免得人听了影响食欲。当然，也有人既不重视别人的生命，也不重视自己的生命。我们现在动不动就听说这个跳楼了，那个上吊了，轻而易举就把自己的生命处理掉了。

二曰没有底线。底线这个词最近仿佛才引起人们注意。大概过去做什么还都能守住底线，所以没引起人们关注。现在，各种底线就像高俅的大船，被梁山泊的好汉凿漏了船底，人们只能叫苦不迭，一次次品尝恶果。就像老师，本来应该传道授业解惑，不说为人师表，最起码不能把学生往火坑里推。可贵州的几位老师竟让学生当三陪，真不知让人说啥才好。连学生的前途、尊严、未来都不顾了，那还能叫老师吗？

三曰心窍堵塞。人的心本来好像有孔的东西，不堵塞才能作出正确的判断和选择，一堵塞就容易犯糊涂。但这个东西却常常被堵塞。有时它被愚昧堵塞，明明是害别人，还以为拯救别人。有时被钱财堵塞，当心里只装钱财的时候，什么仁义，什么道德，什么亲情友情，统统靠边站吧。有时它被色迷住，所谓色胆包天。

当然不止这三条，这三条就足以让人成为禽兽了，而泰戈尔老人说过一句非常沉痛的话："当人是兽时，比兽还坏。"

想起这几条，本想申请个专利什么的，但又怕人说见利忘义，只好暂时作罢。等哪天实在生活无着了，要沿街乞讨了，再去觍脸申请吧。

【选自鄢烈山选编《2007中国杂文年选》花城出版社2008年版】

动人的排练

谁也不知道什么事情会触动自己，也不知道什么时候突然顿悟。

一天到公园锻炼，一阵奇妙的歌声把我吸引到一个长廊，只见一个中年女子在演唱，周围是几个给她伴奏的人，一水儿都是男的，还有几位像我这样被吸引来的义务观众。

听那女子的歌唱，觉得现在的一些歌星出名实在太幸运了。她那嗓音用响遏行云绕梁三日来形容都不为过，如果到哪个会场演出，说不定能引来多少欢呼多少掌声，也许一不小心就成了大腕儿。可她在这里就是一个普通的演唱者，唱完一段之后，一个老者平和而不失威严地指出她的不足，那个女子一个劲儿点头称是，不因为自己是主角就要大牌，或者像某些明星大腕儿中途退出排练。那个老者显然是伴奏乐手中的核心人物，他一发令，大家就一齐演奏。而且他肯定是个内行也是个权威，不然那些人怎么会甘心听命于他。可内行是内行、权威是权威，照样有人找他的毛病。第二遍唱过之后，老者照样指出歌唱者的某处不足，这时，一个旁观者对那个老者指出，你们的那个过门不对，然后就说出应该怎样，一听就是个行家。老者也没有依仗自己是权威和领奏就拒人于千里之外。他们都平和地接受了旁观者的意见，效果果然好于前两次。

这么一个在他们来讲寻常的镜头，却深深地震撼了我，让我对一向留意的权力监督问题似乎有了顿悟。对这些自娱自乐的人们而言，没有什么能强迫他们服从，他们共同的目标是把歌唱好，唯一的标准就是原来的歌谱。那个歌谱就是他们的法规，甚至可以说就是他们的《宪法》。每一个人都按那个法规行事，对与不对，谁都心中了然，谁也不能因为自己位置重要就去随意改变，也不能因为自己地位低就容忍重要人物任意改动、我行我素。

而我们现在的问题是，许多地方的监督形同虚设，有些地方的一把手简直就处于无人监督的真空状态，就像有人对官员监督存在问题时总结的："上级监督下级太远，同级监督同级太软，下级监督上级太难，组织监督时间太短，纪委监督为时太晚。"人们为此而心存隐忧，尤其是一把手一手遮天的情况更是令人焦虑而又无奈。

我们曾希望靠自觉自律来解决问题，但往往

效力甚微。就像我们乘坐公共汽车，如果没有座位，就要靠住栏杆或抓住吊环。在疾驰的公共汽车上站立，如果只是自己左手把住右手，想让自己站稳，总是难以如愿。也就是说，要想站稳必须借助外力。同理，权力监督也必须借助外力。

每每看到有些官员没有监督为所欲为，我就想起公园中的人们那动人的排练。真希望在公园看到的一幕成为我们生活中的常态，每一个人都可以监督别人，也都被别人监督，那还能有那么多的腐败现象吗？

【原载2008年1月(上)《杂文月刊》】

隋炀帝启示录

也许是装穷装得太久了，隋炀帝自打坐上龙椅那天开始，就没消停。为了玩乐方便，不但在京师长安猛造楼堂馆所，东都洛阳也不甘示弱，造起来没完。造完了你在里面好好待着得了呗，不，这小子天生的多动症，在哪儿也待不住。今天这一趟，明天那一趟。他要微服私访倒也行，省点儿民力，他还偏偏好炫耀，游江都时一路上舳舻相接两百余里，骑兵沿运河两岸而行，旌旗蔽野。所过州县，五百里内都要贡献食物，多是水陆珍奇、佳肴美馔，吃不了就埋掉。

要光是自己造也就罢了，还拉着四邻一起造，他是不是吃饱了撑的？不是，是为了向外宣扬声威。宣扬声威，就是对外国夸耀隋朝的富强文明，使他们畏服。公元606年，突厥启民可汗将入朝，隋炀帝在洛阳召集全国乐人和散乐。公元607年，启民入朝，看到隋朝盛大精美的各种文物，非常羡慕，请求改变服装，完全华化。同年，隋炀帝到榆林，令宇文恺做大帐，帐下能坐数千人。启民率所属奚、契丹等部落酋长数十人及突厥酋长到帐下朝见，赐启民等人大宴并看散乐。这些游牧人看了又惊又喜，争着献出牲畜表示敬意。隋炀帝送给启民二十万段丝织品，其他酋长也按等级受重礼。隋炀帝率大军出榆林塞，令宇文恺做观风行殿，又做行城。可以在平地上临时造出大城和大殿。游牧人骇怪，以为是神功，每望见御营，十里外就跪伏叩头，走路不敢骑马。

隋炀帝要夸耀隋朝声威，让裴矩利诱西域诸国入朝。西域人见有利可图，纷纷来洛阳，沿路郡县招待迎送，耗费极大，为害一直到隋亡。公元610年，西域诸国使者和商人齐集洛阳。隋炀帝于正月十五日（夏历）夜间，在皇城端门外大街上置设盛大的百戏场，为西域人演奏百戏。戏场周围五千步，奏乐人多至一万八千，声闻数十里，灯火照耀同白昼，直到正月底才停演。西域人入丰都市（洛阳东市）交易，隋炀帝先令本市商人盛饰市容，广积珍货，商人服装华美，连卖菜人也用龙须席铺地，陈列蔬菜。西域人经过酒食店门前，店主邀请入座，醉饱出门，不取酬偿，告诉客人们，隋朝富饶，酒食照例不要钱。客人们不是痴人，口头上不免赞叹一番。

时间过了一千多年，我们的虚荣传统没有变，不但没变，还被大大地发扬起来。单是二十世纪五十年代至七十年代，中国对越南的支援按当时的币值达二百多亿美元，相当于中国四年的军费开支或中国十年的教育经费。这些援助大多是无偿的，用毛泽东的话说就是：“无条件地满足越方的要求。”简直就像个无底洞一样。无底洞里都装些什么东西呢？广西人民出版社出版的《越南经济》列过一个清单：足够装备陆海空三军二百多万人的轻重武器和其他军用品；成百个生产企业和修配厂；三亿多米布匹；三万多辆汽车；几百公里铁路以及全部铁轨、机车和车厢；五百多万吨粮食；二百多万吨汽油；三千多公里油管。

可与之相媲美的是对阿尔巴尼亚的援助。据当年驻阿尔巴尼亚的大使耿飚将军回忆，从五十年代到七十年代，中国援阿九十亿元人民币。我们援助他们的化肥厂年产二十万吨，平均一公顷地达四百公斤，远远超过我们自己的用量。在我们北京上海等大城市都没几台黑白电视的时候，他们就要求我们给他们每个合作社都弄一台。我们帮他们搞了纺织厂，但他们没有棉花，我们还要用外汇买进棉花给他们。他们织成布还硬要卖给我们，倒过来赚我们的钱。他们马路边的电线杆都是我们援助的优质钢管做的。他们还把我们援助的水泥钢筋用来到处建造烈士纪念碑，在全国共修建了一万多个。我们援助的化肥乱七八糟地堆在地里，任凭风吹日晒。

我们自己勒着裤带支援他们，他们一定会结环衔草涌泉相报吧，错了。当毛泽东会见美国总统尼克松的时候，他们以党中央的名义给毛泽东写了一封万言长信，指责这么大事为什么事先不同他们商量，说我们搞机会主义，就像一些人说的，吃哥们儿的，拿哥们儿的，还埋汰哥们儿。更叫人难以接受的是，在我们的新大使馆内，他们安了三十五枚窃听装置，几乎等于使馆全天候都处于被窃听状态。亏得中央领导叫停了援阿，不然不知要援到何年何月。

当年，隋炀帝让人把市上树木都用帛缠饰，外宾指帛问道，隋朝也有赤身露体的穷人，为什么不给他们做衣服，却用来缠树？当时的人无话可对，也没法相对。隋炀帝游幸，地方官为讨好皇帝，使劲儿盘剥，老百姓剥树皮，采桑叶，或者煮土而食，甚至人自相食。

人们可能会想，当年我们那么大方，国家一定富得流油，至少是衣食无忧，老百姓该都过上了小康日子，才敢这么折腾吧。你错了，其实蛮不是那么回事。我们当时买什么都要凭票，粮票、布票，连茄子、白菜、豆腐都不例外，那时，谁家都有各式各样的各种票。粮食要定量，白面、大米只占一小部分，食油每个月一人才给三两。

很多农村的人还没有这样的待遇，许多时候只好靠野菜度日。有一回，老百姓实在饿急了，拦截了一辆装满粮食的车，刚往下卸，一发现“援越”两个字，立马儿就不敢碰了。

时隔一千多年，局面竟然如此相似，你不能不说造化弄人。一方面是统治者穷奢极欲，一方面是老百姓啼饥号寒；统治者硬充大户，老百姓勒紧裤带；在上者胡作非为肆意挥霍，在下者食不果腹还要为他们买单。用老百姓的饥肠来充面子，勒紧裤带的结果是让人家指责甚至是翻脸，莫非我们当时都昏了头？

现在的人无论怎样脑筋急转弯也弄不明白那时人的想法了。饶着给人东西给人钱还挨人家骂，这是何苦来呢？我衣不解带废寝忘食冥思苦想九九八十一天，好不容易才想出一点儿眉目。怪就怪虚荣心这个东西作祟。公正地说，人们都或多或少有点儿虚荣心，就像或多或少都有点儿势利眼一样。但凡事都要有度，就像小青年追星，愿意让明星签个名，或合个影都属正常，可一定拼死拼活地要嫁给人家，就有点儿过度。前苏联有一首诗《虚荣心之没落》：“一个死人，每天夜里，都把墓石稍稍抬起，用手摸摸，墓石上刻的名字，是否已变得模糊。”人都死了，还关心墓碑上的名字，真是虚荣到家了。

具体到隋炀帝一类人物，一个人一旦熬到他那样的位置，下面的人毕恭毕敬，拍马还嫌来不及。山呼万岁他已经习以为常，已经满足不了他的虚荣心。他认为那是理所当然的。而人总是缺什么想什么，身边人手下人的奉承他不缺少，于是就向往说“鸟语”的外国人的赞美。他们不觉得把国家弄富裕了，别人自然会赞美，而是想当然地认为大把大把地往外甩钞票，人家才能对他大唱赞歌。于是不顾百姓死活大肆挥霍就顺理成章了。

隋炀帝这样的统治者纵使人们当时山呼万岁，但后世不遭人唾骂、不遗臭万年者几乎是零。

【原载 2008 年第 12 期《各界》】

人的三根软肋

懂得医学的人肯定和我较真儿，他会说软肋应该左右对称，或是两根或是四根，怎么能是三根？对这样富有科学精神的人，我从内心敬佩，但我要向他们申明的是，我不过是拿它来做个比方，来说人性的弱点，故请不要动怒。

有人可能会说，人性的弱点岂止三条，三十条也挡不住，人家卡耐基写了一本书呢。唉，咱不是没那两下子嘛，使了大劲儿才想出三条。哪三条呢？且听我慢慢道来。

第一根软肋是人在名利的追求上没有止境。不管是古是今都是如此。乾隆曾问金山寺的老和尚，每天江上来来往往有多少条船，答曰两条，一条是名，一条是利。也就是说，求名求利的心永远不会断绝。所谓“雁飞不到处，心被名利牵”，“骑着驴骡思骏马，官至宰相望王侯”。有的人本来已经坐上官位，可又觉得专家吃香，又弄顶专家的帽子戴；有了专家的帽子，还想像大款一样花钱如流水。等位置有了，名声有了，钱也有了，又想美女环绕。有了美女环绕，又想长生不老。有的人当了科长，就奔处长位置使劲儿；有了处长位置，又惦记局长。有人开始欲望不高，可随着欲望不断变为现实，欲望就开始逐渐膨胀。就像一个小青年，没有工作时，心里想，管他什么活，只要有活就行。等有活了，又希望活能好点儿，等活好了，又希望钱能多点儿。名利就像垂钓的鱼饵，总在鱼群的前面晃来晃去，别看许多鱼咬钩丢了小命，可吃不着的，心里照样惦记着呢。

第二根软肋是人都愿意听好话。所谓好话，就是中听的话、顺耳的话。人的耳朵上就像装了个过滤器，只愿意接受爱听的，把不爱听的就都排斥在外面。这时，良药苦口利于病，忠言逆耳利于行的话就忘到爪哇国去了。我们中国人的这个机能似乎格外发达，尤其是各类官员这个机能更是了得。有时听到不好的话，就仿佛小孩儿拍起了皮球，不跳都不可能。有些人明明把单位搞得一塌糊涂，可偏愿意人家说他具有管理才能。你如果说他草包一个，他不和你拼命才怪。他会找出一百个理由来反驳你。有些人明明也就勉强发表一点儿东西，可你要说他是当今的鲁迅，他绝对想不到这是对他进行嘲讽，而是认为你慧眼识珠，他保证露出灿烂的笑脸。你倘若说他文章不好，他一准儿说你是酸葡萄心理。

最后一根恐怕就是希望得到别人尊重、理解和体谅了。不要说名人，就是平头百姓，谁不愿意别人尊重？一件事失败了，他希望你能想到客观条件太不利；他损害了你的利益，希望你能知道那是迫不得已；他没有践约，希望你能理解他有苦衷；他走私了，希望你体谅他一时的迷乱；他收受了巨额钱物，希望你能知道，他实在是盛情难却；他没有实现本该实现的目标，他希望你能体谅他已经尽力；哪怕是他背叛了你，也希望别人体谅他是一时软弱，或是错不在他，而在你。

我费尽力气，找了这么三根，还不知大家认不认可。当然，不认可不要紧，你不妨摸摸，看看自己这几根肋骨软不软。

【原载 2009 年 1 月（下）《杂文月刊》】

良知丢失在哪里

良知，小名良心，是每个人从降生那天就带在身上的通灵宝玉。有了它，人才是个人，才堂堂正正，才可亲可敬，遗憾的是它常常被人弄丢。

有时是被无意弄丢的，有时是自己亲自把它扔掉的，有时是被狼叼去的。

它经常被丢在哪里呢?

它最常被丢的地方是名利场上。今天上网，看到一个女子的帖子，称自己为了一夜成名，愿意被导演或是制片人“潜规则”，如果把这句话直截了当地翻译出来，那就是，谁能让我上镜，让我有出名的机会，我愿意陪他睡觉。在据说是万恶的旧社会，还有的女子公开宣称自己卖艺不卖身，到了 21 世纪，居然有人公开发出这样的帖子，真叫我等没见过世面的老汉眼球发直。名利场，名利场，不仅仅让人发狂，也让人失去天良。有的人，为了在名利场上获取利益，不惜出卖青春、出卖良知。有时，为了讨得领导的欢心，就随意编派自己的同事，无中生有，颠倒黑白，拿他们无意中说的话去换取领导的青睐，以便压倒别人，自己上去。至于抄袭之类，在他们那里，简直是小菜一碟。

过去，良知常常被丢在铁索中。当然，这个铁索是政治的铁索，是专制的铁索，是高压的铁索。女作家章诒和在《卧底》等文章中提及了冯亦代等老作家在反右时的一些旧事，说他们伪装自己，骗取已经当了右派的章伯钧等人的信任，对他们说了许多心里话。他们表面洗耳恭听，实际却偷偷记在小本上，汇报上去，以便减轻自己的罪责。高压的铁索，让他们忍痛丢弃了良知，为的是表现自己的进步。由于丢弃了良知，就以领导的是非为是非，以领导的标准为标准，领导让整谁就整谁，让打谁就打谁。那个时候，只要被打成了地、富、反、坏、右，夫妻都得互相揭发，子女也要划清界限，告密这样令人不齿的勾当都能脸不红心不跳地干，写个批判稿或是喊个口号，更是不在话下。

良知更多的是丢在钱眼儿中。如果仔细辨认，丢在这里的良知最多。就连兄弟姊妹，有时就为了几个钱就弄得像仇敌一般。尤其是当有钱的老人撒手西归的时候，那边老人尸骨未寒，这边就已经战火连连。更不要说一般的人。我前两天看一个电视节目，说一个男人为了夺得妻子的巨额遗产，竟然把妻子推进激流。这不是电视剧，而是生活中发生的真实事情。有的作者为了钱，就把无良老板吹得天花乱坠，有的记者，就因为拿了老板的几个臭钱，就对矿难之类缄口不言，让无数无辜的生命默默地消失在人间，在人民的痛苦面前闭上眼睛。

由于丢弃了良知，道德底线就一再突破，让人越来越瞠目结舌。由于丢失了良知，社会就变得面目皆非，让人恨恨不已、愤愤不平。由于丢弃了良知，就什么可怕的事情都会发生，投毒、纵火、贪污、淫乱、出卖、陷害……

有人说，一百个理论也不如一个良心。其实何止一百个，人只要有良知，就不会是非不分、善恶不明，就不会出卖，不会陷害，就不会把别人的东西据为己有，就不会把自己的责任推得一干二净。一个人若有良知，就不会说“上访的人都有精神病”，就不会说“中国不存在上学难上学贵问题”，当然也不会说“手机通话费不是高收费”。

良知，是人之所以为人的最后阵地，如果这块阵地失守了，那么人间和地狱又有什么区别呢？良知这块通灵宝玉丢了，那么人身体虽然还在，魂儿却没有了。

【原载 2009 年 11 月(中)《杂文选刊》】

夫妻在一起有罪

这个题目后面应该加上问号或者惊叹号，以表示对这个问题的愤慨或疑问，不然容易造成误解，以为我赞成这个事实。但我又无法给它加上问号或惊叹号，因为它是历史上存在的事实。

太平天国开始时，对属下提出了一些严格的要求，如不准吸食鸦片，不准喝酒抽烟，男女严格分开，即使夫妻在一起也不行，夫妻发生性关系也要处死。这就是我这篇文章题目的由来。

一个民族、一个群体，在发动急风暴雨式的运动时，往往会制定一些苛刻的、不近人情甚至违背人性的规定。正如卡尔·波普所指出的，乌托邦主义者“即使怀着最美好的愿望在世上建立天国，也只能制造出一个人间地狱来——一个只有人才会为其同类准备的地狱”。这只要想想“文革”期间的种种怪事，就不言自明。

很多人以为，纪律和法律是给下面人定的，对上面的人没有约束力。当然，领导与下级在待遇上会有些不同，但不能太离谱儿。比如，领导上下班或办事，哪怕是去洗桑拿、找小姐，坐奔驰或皇冠都没人干涉，可你不能不许下面人坐公共汽车或骑自行车，更不能不让人上街走路。比如当领导的有了三室一厅还不满足，还要弄个楼中楼，甚至把他孙子的房子都准备出来，我们都没办法。但得让下属有个栖身之处，不能让他们住在帐篷里，更不能住露天地。比如过去的皇帝，可以不让人随便穿朝服，甚至不许人穿某一种颜色的衣服，但你不能不让人家穿衣服。当然三伏天人家自愿光膀子例外。男女之事亦是如此，你可以不让人强奸、不让人通奸、不让人嫖娼、不让人纳妾，但你不能禁止男女的正常交往，更不能阻止夫妻在一起。

一条纪律也好，一条法律也好，总要合情合理，总要下级能做，上级也能做。就以男女关系为例，不能像人们讽刺的，高级干部是游龙戏凤，中级干部是作风不正，普通干部就是流氓成性。就像这夫妻不准发生性关系的规定，太平天国的领袖洪秀全就根本没做到。据史书记载，他身边有名有姓的妃嫔至少八十八人。当然，太平军的将士们也许不会当面指责他们的领袖，但他们心里能服气吗？当一对恩爱夫妻走到一起，他们只能像银河两岸的牛郎织女，满怀幽怨和渴望地相望，而眼睁睁地看着自己的领袖带领成群妃嫔招摇过市，他们还会心甘情愿地冲锋陷阵吗？

合情合理的规定就像大河的两岸，让河水自然流淌，而不合情理的规定，就像水中巨石，肯定会激起浪花。就像这夫妻不准发生性关系的规定，虽然是出于军事上的考虑，但由于它违背人性，实在难以真正实行。在张笑天所写的长篇巨著《太平天国》中，就屡有对它不敬的描写，有些简直可以称得上可歌可泣。也许是这一规定实在违背人性，也违背人心，太平天国不得不在1855年废止了它。

仔细打量我们的周围，各种不合理的规定几乎数不胜数。乱收费、乱集资、乱摊派，不但让老百姓头痛，也让中央领导头痛。这些巨石不但激起百姓内心的浪花，也激起社会不安的浪花。

这些东西就像贪污腐败，人们已经见怪不怪。奇怪的是，有些规定明明对人们有好处，人们依然不去执行。就如对中小学生减负的规定，据有心人统计，上面前前后后已经发了四十九个有关文件，可负依然减不下来。有时，学校给减了，家里又给加上了。为什么？都怕自己减了别人不减，将来在竞争中失败。现在，大力提倡素质教育，这本来是关乎民族兴衰的大事，可硬是行不通。为什么？因为学校录取时不是按素质录取，而是按成绩录取。就像要把六寸粗的螺丝拧进一寸细的螺丝帽里，你就是累死，也拧不进去。

有些问题不从根儿上解决就永远解决不了。就像当年农民给集体种地干劲儿不足，你敲钟他假装听不见，即使不得不扛着锄头出门，干起活儿来也懒洋洋的。有些人也想了一些招儿，可就是不管用。后来把地都分给他们自己了，你就是不让他好好干，他也不会听你的了。同理，如果大学想上就能上，用人单位真按学生素质用人，那么，什么减负的文件就都可以不发了。不知这是不是痴人说梦？

【选自贺雄飞编《中国历史的宿命》世界知识出版社2009年版】

杰弗逊的账单

我们中国人知道杰弗逊这个名字，也许是因为他起草了美国的《独立宣言》，这是一篇具有划时代意义的宣言，它不仅将永留在美国史册上，也将永留在人类文明的史册上。对他了解再多一点儿的是，知道他是第一届美国国务卿，当过两届美国总统。其他可能就不甚了了。

他在当总统时与拿破仑当政的法国政府做了一笔相当漂亮的买卖，通过不算艰苦的谈判，从法国的拿破仑手中买了整个路易斯安那和新奥尔良地区，总面积达两百六十万平方公里。可别以为这是个小数，它相当于现在美国整个领土的三分之一（相当于当时美国领土的一半）。买来这么大的地盘儿用了多少钱呢？说起来令人难以置信，一千五百万美元。也就是说三分钱一英亩，他用如此便宜的价格，买下了阿肯色、密苏里等十五六个州的地盘儿。

能做这么聪明绝顶买卖的人，不用说是个富可敌国的主儿。可同样令人难以置信的是，做了这笔漂亮买卖的人竟然在负债中愁苦地度过一生中最后的岁月。

1823年，在他八十岁生日之前，全家欠债达四万零二百六十二美元，仅利息就是两千一百二十一美元，而农场的年收入只有一万零四百美元。

他是到拉斯维加斯赌博吗？不是，他一生酷爱的是读书，除了读书，还对博物、建筑、数学、机械颇为用心，只是对赌博没有兴趣。他是用巨款养了一群二奶三奶吗？也没有。他妻子离开他的时候，他还不到四十岁，为了让孩子不受到虐待，他答应妻子以后决不再娶。此后，尽管他出类拔萃，完全可以再娶一个，可他始终信守对妻子的承诺，独身活到八十多岁。

那他的债务是怎么来的呢？

在退休之前，杰弗逊就欠下了一大笔债，就任总统的前一年，他就用掉了三万两千六百三十四美元，而他的年薪是两万五千美元，那一年他出卖烟叶，仅得三千美元，他不得已借了四千美元来填补亏空。他乐善好施，经常慷慨解囊，资助穷人，1801年捐一千美元，第二年又捐了一千五百八十八美元。八年总统任满，走出白宫的时候，负债一万美元。

退休以后，家庭经济状况每况愈下，尽管他注意节俭，但是他要养活家里上百口人，而且客人来访者络绎不绝、川流不息，来的人免不了要在这里吃喝，使他开销入不敷出。他这个人可能有点儿爱面子，这么困难了，还怕人家说他小气、吝啬，对公共事业和朋友依旧慷慨如故。1871 年他向弗吉尼亚大学捐款一千美元，而自己却不得不跟人借钱参加推荐校址的会议。要说那时的美国人也真是不通情理，他从总统的位置下来，就全力以赴为创办弗吉尼亚大学奔走，可以说，他是这所大学的真正创始人，他几乎把建校有关的一切工作都包下来了。从设计校舍蓝图，寻找工程承包人，监督工程进展情况，甚至派人到意大利请大理石雕刻师，他都要操办，都要费心。可就是这样一个参加选定校址的会议竟然要自掏腰包。州里又不是没给建校拨款，学校主体建筑完成时，州里已经拨了三十万美元的经费，怎么就不能给这位前总统、现在的创始人报销个会议费呢？

债务压得他直不起腰来，为了摆脱困境，老人竟打起了图书的主意。要知道，他的这些书不是各出版社白送的，都是他自掏腰包买回来的。那不是为装门面放在那里的摆设，而是他生命的一部分。酷爱读书的人都知道，不到山穷水尽的程度谁会拿自己的书开刀？可他竟决定，把这些跟随了自己一生的书卖给国会。国会管收购图书的人也真是，一个退休的总统，尽管是退休了，落到卖书为生的地步，你就高抬贵手，当文物收购回来得了，文物价值都超过开始购买的价钱，可国会的人不但不高价收买，反而用大大低于原书价的价格收买，国会付给他两万五千美元，他马上拿出将近一半去还债。

也许真应了中国一句老话，祸不单行，本来自己已经债台高筑，可他又雪上加霜，他担保的两万美元票据的主人又破了产，他为此要付出一千二百美元的利息。

面对倾家荡产的威胁，他授权外孙组织一次抽奖活动，来出售他的地产。他希望以此来偿还他的所有债务，并给后人留下一点儿积蓄，他凄怆地说："我可以留下蒙蒂赛洛的房子和旁边的一块田地度过晚年，安葬我这把老骨头。如果不同意，我就得卖掉房子和这里的一切，将全家搬到贝德福，可是那里连装我脑袋的小木屋也没有一间啊！"听到这些，我们不能不在心里为他难过，他是美国的第一任国务卿，当过两届美国总统啊！在难过的同时，也会自作聪明地为他设计，你在做总统的时候一切活动都属于国务活动，都应该签字报销，怎么还能欠债呢？在我们这里，不要说这么高的位置与声望，就是一个县级干部能落到这个地步吗？公私的界限干啥划得那么分明？资助穷人也好，赞助社会公益事业也好，何苦自己掏腰包？你没见我们这里，一位女副市长把自己的吃喝玩乐、穿戴打扮都记在公务活动的账上，她也有理，穿戴打扮也是为了公务需要。

退一步说，就算你公私分明，在位时不以权谋私，不在签字时勒索别人，不索取回扣，有坦荡胸怀，也行。可你退休了，又不干预国务活动和插手人事安排，也不影响国家声誉，只像我们这里的一些退休老同志，发挥点儿余热，到哪个公司当个顾问，也是人之常情。现在当政的多是你当年的部下，这点儿面子总还是能给的吧？再退一步，你怕这样做丢面子，跟谁打个招呼，让你的晚辈到一个挣钱的单位工作，这不应该很困难吧？可你怎么就想不到呢？在我们这里根本就算不得原则问题。

可你为何面对即将倾家荡产的窘境，还不向国家请求帮助呢？要知道，这个国家的基石上有你的汗水呀。我几乎觉得无法理解，但当我看到你对麦迪逊说的话时，我突然理解了你，你说："我愿死于贫困，不愿失去自尊。"

"自尊心是一个人灵魂中的伟大杠杆。"（别林斯基语）是一个人的高贵品质，而贫穷不会磨灭一个人的高贵品质。金钱是重要的，但一个高贵的人不会为了金钱而出卖尊严。他是贫穷的，但我们无法鄙视他，因为他有高贵的灵魂。面对这样高贵的灵魂，那些奢侈的显出了卑微，富有的显出了矮小。贫穷并不光彩，但比之贪婪，比之奢侈，杰弗逊不低下。在这个意义上，我觉得我理解了这位伟人。

他是贫穷的，但他身后，却给人们留下了富裕而强大的美国。

【选自向继东选编《2008 中国文史精华年选》长江文艺出版社 2009 年版】

差等生丘吉尔

在我们的印象中，那些声名显赫的大人物，个个都是天赋异秉，一出娘胎就与众不同。像中国的一些皇帝，还没出娘胎，就已经不同凡响，不是红光生屋，就是神龙附体。可这位丘吉尔不行，尽管他当首相讲演时滔滔不绝，自己却没为自己编出一段光彩的历史。听说他的书还得过诺贝尔奖，那奖算让他白得了，就不会搞个笔下生花，硬是承认自己小时候是个差等生。

要说起来这位丘吉尔先生也是有些来历，出身贵族，正儿八经上过贵族学校，不像我们这里，有两个臭钱就能上贵族学校，人家可是真正地有贵族血统。可这位贵族出身的学生在那贵族学校里却吃了不少苦头儿，甚至因为不听话还挨过鞭子。他后来在回忆录中说到小学这段生活颇有些辛酸。“我在功课方面收益甚少，我天天计算着学期的终了，何时可以逃避这令人生厌的奴隶生活而回到家去，并在我的游艺室地板上，把我的那些兵器和兵俑摆成作战的阵势……我看过的书超过我的年纪，然而在本班中却成绩最劣。”那时，丘吉尔喜欢历史和英文，可学校却偏重拉丁文和数学。他转到一个新学校时，他的拉丁文是零分，数学不及格，他被编在学习成绩最差的一个班，最末的一个组，成为全校被人耻笑的倒数第三名，以致一个大学老师这样奚落：“那孩子决不可能是从哈罗中学的校门里毕业出来的，他一定是从窗户里溜出来的。”

拉丁文在他们那时相当于我们现在的英语，学不好考大学就没戏，尽管丘吉尔的父亲当过下院议长和财政大臣，可这样的成绩还是没敢使他走后门儿，让儿子进大学。如果是现在，以他那样的身份，也许就不必费周折了。可那时不行，人们心眼儿太实，过格的事不敢做。

丘吉尔不仅学习成绩差，而且纪律也差，经常打架斗殴。有一回，在游泳池边上他看见一个身材矮小的学生，他以为是可以欺负的对象，就趁人不备，把他推到水里，可那人是健身房冠军，上岸后，把他好一顿收拾，弄得他苦苦哀求，直到保证不再欺负小同学才算罢休。

可丘吉尔有他的过人之处，那就是记忆力奇强，差不多过目成诵。有一次他背诵一千二百行的一本书，毫无差错，老师和同学都惊叹不已。他还能大段背诵莎士比亚的大段台词，当老师援引《奥赛罗》或《哈姆莱特》出了差错，他总是不放过机会纠正老师，以致校长对他提出警告：“丘吉尔，我有很充分的理由对你表示不满。”丘吉尔却回答：“而我，先生，也有充分的理由对你表示不满。”

好在丘吉尔的父亲没有强求他去考大学，而是顺从了他的意愿，让他进军校，走当兵的路，考上了骑兵学科。这个学科有点儿像我们现在的某些学校，只要出得起钱，就让你念。

就是这样一个差等生，在伦敦惨遭轰炸时，作为首相大声向群众疾呼：“即使伦敦化为灰烬，也比沦为德国的奴隶强多少倍。”

就是这个差等生，在希特勒向苏联进攻时，他站在了自己一贯反对的斯大林一边，以致别人讥讽他转变的幅度太大，他说：“如果希特勒侵犯地狱，我也会和魔鬼站在一边。”

就是这个差等生，在他率领人们抵抗了法西斯的侵略后，被人们选下首相的位置，他居然能引证希腊作家普鲁塔克的话为自己解嘲：“对自己的伟大人物不怀感恩之情，是强大民族的一个特点。”

英国是个充满了高等绅士的国度，世界最著名的剑桥大学、牛津大学都在那里，怎么也轮不到这么一个差等生来领导这个国家，但他们偏就选出这么一个差等生领导自己的国家，而且没有被辱没的感觉，这个国家真是奇怪。

丘吉尔是二战的英雄，两次当选英国首相，还凭借自己多卷本回忆录获得过诺贝尔奖，要想对小时候的历史美化一番不会是什么难事，可他似乎没动过改写自己当年历史的念头，老老实实地承认自己当年是个差等生，而且不觉得面子上有什么过不去，丘吉尔这个人真是个奇怪的人。

如果丘吉尔这样的人生在中国，那整个的结局就可能大相径庭，不但他自己不肯说出当年是差等生的事实，就是别人，也会一个劲儿为尊者讳，为贤者讳，讳来讳去，真实的面目也就模糊了。如果让他所在的学校回忆他当年的行止，恐怕只会对他记忆力过人大肆渲染，而对他成绩不佳、调皮捣蛋避而不谈。

一个人是哪块料就让他做什么事，一个人历史上是什么样子，就说是什么样子。这样，也许对谁都好。

【选自向继东选编《2008 中国杂文精选》长江文艺出版社 2009 年版】

假如江姐活到今天

每当听到《红梅赞》那充满激情的歌声，我都会情不自禁地想，假如江姐活到今天该会怎样。

根据我们今天所看到的资料，她的儿子、孙子都学有所成，在遥远的美国成了专家、获得了学位，给咱中国人长了脸。这一点，已经没有了悬念。江姐的儿子尽管远涉重洋到了美国，但他的血管里流的还是中国人的血液，就像张明敏唱的“洋装虽然穿在身，我心依然是中国心”。尤其是孝道一定深入他的骨髓，他一定会把江姐接到美国去开开眼界，这一点，想来江姐不会拒绝。可在美国看完了高楼大厦之后，她一定会拒绝儿子在美国度过余年的请求。为什么？因为她满耳听的都是异乡之语，到外面遛弯儿迷路了都不知向谁打听道，而且，在她心里会认定“梁园虽好，终非久恋之家”，她知道，她的根还在中国，而不是美国，尽管那里生活很舒适。

江姐生活在中国，内心一定会久久不能平静，她的情绪应该在自豪、迷惑甚至愤懑的状态下交织。当她看到各级政府大楼上飘扬的国旗，她会自然而然地想起当年她们在狱中绣红旗的情景。如今，这样的旗帜已经飘满了天下，而这旗帜上有她的一滴血，她怎能不激动，怎能不自豪？可当她看到很多地方出现了黑社会的报道，尤其是广东的揭阳帮，简直成了黑社会的天下，当地的生产、流通都被他们操纵，当地的公安都对他们束手无策，她会不停地念叨，这还是共产党的天下吗？当她看到宽广的马路，看到川流不息的各种车辆，她会觉得眼花缭乱，看到鳞次栉比的高楼，看到各家各户都有了电视、冰箱，想起当年为之奋斗的楼上楼下电灯电话的梦想，她内心会十分欣慰。当年仿佛十分遥远的梦想，如今不但都变为现实，而且许多都超过了那时的想象，就像现在几乎普及的电视、冰箱、手机、电脑，她那时不但没有听说过，而且连想都没有想到过。每想到这些，她都禁不住欢喜，我们当年流血牺牲，不就是为了人们能过上好日子吗？可当她知道，许多工人都下了岗，挂着小牌在寒风凛冽的街头等着人找活儿，而他们的工厂竟被人用难以相信的低廉价格出卖，中间的大量回扣竟无形中流入个人的腰包，尤其是看到有些贪官上百万、上千万甚至成亿地捞取人们的血汗钱的时候，她会暗问自己，我们当年提着脑袋革命，难道是为了养活这些大大小小的蛀虫吗？钱几辈子都用不了，怎么还贪呢？这一点，她无论如何也想不通。我们当年那样义无反顾地牺牲，是为这帮混蛋这样肆无忌惮地疯狂掠取吗？

她看到许许多多不公平的事情，就像火上的猎物，忍受着煎熬。有些明明该办的事情没人去办，有些明明不该办的事情照样有人明目张胆地办；有些明明应该用的人才弃之不用，而一些不三不四的人却可以呼风唤雨；办假证的广告满街都是，还公开留着联系的手机号码，影响市容，败坏人心，人们居然都视而不见。她觉得实在不可思议。南方遭遇五十年一遇的大雪，人们过年不能按时回家，她心急如焚；听说有些人不给钱不办事，给了钱乱办事，甚至用钱买官卖官，她禁不住忧心忡忡；看到孩子们课业那么重，小小年纪就卷入了竞争的洪流，她不禁叹息又惋惜。

毕竟要过年了，满大街摆着春联福字，还各处悬挂着红灯笼，人流熙熙攘攘。尽管人们抱怨食品涨价太快，可比起三十多年前买肉买菜、买豆腐都要凭票都要限量的时候，那真是天差地别了。于是，江姐也清除了心中的不快，买了一副对联，欢欢喜喜回家过年去也。

【选自向继东选编《2008中国杂文精选》长江文艺出版社2009年版】

三位一把手

黄海之滨绿荫覆盖，消夏的人们不约而同地聚在一处。虽然是远离各自的单位，完全可以把世俗的烦恼抛进大海里，可人们终究是社会性动物，就是在这样清幽的所在，依然无法忘却各自的烦恼。

一个瘦高的中年人，戴着眼睛，一看就是位文化人，大家都管他叫蒋主编，原来，他是一家省级文学刊物的主编。人们在一起总要找一个话题来避免尴尬，而最佳话题常常是他的工作。既然是主编，人们就关心他刊物的情况。他一看大家关心，就开始倾倒苦水。

刊物不像三十年前，那时候，人们都热衷于文学，不但热衷于创作，也热衷于阅读。那时我们的刊物一期十多万份，不愁吃不愁穿，更不要说开支。我当时是个小编辑，也觉得非常风光。可三十年河东三十年河西，现在电脑、电视、录像机，想看什么就有什么，又快捷又轻松，又有趣，谁还有闲心没事捧一本文学杂志读。刊物是老太太过年，一年不如一年。可刊物交到我手里，我不能让它在我手里断送了。我不能当历史的罪人，我不能让人说好好的一份刊物在我手里结束了。

没有资金，省里钱也紧张，只有人头费，没有办刊费。没有办法，我就让省里的著名作家给省领导写信，要求增加投入。省领导还真给面子，每年拨二十万，对付着把十二期刊物印出来。印是印出来了，却没有多少人订阅，没有多少人看。过去是一期十几万，现在连一万都达不到，说起来真是让人寒心。但不管怎样，我得咬牙挺住，我还有一年就退了，别人怎样我不管，只要没垮在我手里就行。

他叹的一番苦经似乎引起了周围人的共鸣。尤其是不能让刊物垮在自己手里的道白，更是说出了许多人的心声。

宫厂长听完以后，不禁由衷地感慨。我们厂的产品当年那个抢手哇，那时，谁要我们的产品得托门子挖关系，谁要买我们的东西得领导上门，货车就排在厂门外，只要我一批，马上拉走，稍晚一会儿就不知让谁抢去了。那时别提多风光了。可不知怎么回事，几天之间，到处是假冒的山寨产品，又便宜，又有回扣。原来是人家上门来求我们，现在可倒好，得我们上门求人家，还得把货送上门。就是这样，产品还是积压，库里堆得满满的。没办法，工资发不出去，就让大家拿产品顶工资。想干别的，又没资金、没能力、没人才。很多人劝我把厂子卖出去，或是干脆宣布破产。我左思右想，这事不能干，这断人后路的事咱不能干。我不能让过去好好的工厂断送在我的手上，我不能让工厂垮在我手里。

古校长听完这番话，也是同病相怜。不过，他所在的是学校，不生产产品，而是培养人。现在稍微有点儿门路的都往重点学校使劲儿，不管要多少钱都有人肯花，还怕排不上号。结果，弄得我们原来好好的学校，人越来越少，现在，老师的人数还没有学生人数多了。一到间操，操场上稀稀拉拉，一百多学生像是散兵游勇，看着就让人心酸。有人劝我停办或是跟别的学校合并。这话说起来容易，可谁愿意作这样的决定，谁愿意当这样的结束人。开创者被人记住那是荣耀，葬送者被人记住那时耻辱啊。谁愿意背负这样的耻辱活着，弄不好子孙后代都跟着挨骂。可让我把学校办好，我确实没那个能力了。只能挺着，挺一天是一天，我不能让学校垮在我手里。

三个一把手单位不同可苦经相同，叫人无奈，叫人同情。他们心里还装着往日的荣光，尽管现在风雨飘摇，人心浮动，可他们依然选择不愿另谋出路；尽管周围高楼林立，可在自己的小屋里，依然不失为一家之主。他们就像有的人打的比方，抱着定时炸弹击鼓传花。

明明已经山穷水尽了，为什么不改弦易辙呢？

【原载 2010 年 9 月(上)《杂文月刊》】

和尚为何把经念歪

过去一遇到下面的人不按上面的精神办事，把事情搞砸，人们就会情不自禁地说，经是好经，都叫歪嘴和尚念歪了。

好好的经怎么就会给念歪呢？

我们国家提出“依法治国”不是一天两天了，这四个字可以说妇孺皆知，可在今年的两会上，一位高法的领导居然劝大家不要轻易打官司。真是活见鬼了，高法领导不让大家打官司，就像卫生部领导对大家说，有病轻易不要上医院。上边要依法治国，下面的高法领导不提倡打官司，人们有冤无处申，只好上访或是群体闹事，这样下去，依法治国从何谈起？

现在大家都声讨房价，说房价是扶摇直上，可上九天揽月。人们都痛骂房地产商，可他们也一肚子委屈，说自己没得那么多，还有具体数字为证。

邓小平1992年南行，提出步子再大一点儿，有些人就把这理解为大搞开发区。全国上下到处圈地，东划一块、西划一块，划了也不用，地也不让种，就在那长草。不得已，到 1993 年清理各类开发区，发现 78%属于乱建，涉及土地一千一百四十三万亩，几乎全是耕地。国土资源部统计 2001 年至 2008 年耕地面积的数据发现，八年间，中国耕地减少一亿两千五百万亩。2008 年减少的三百七十三万亩土地中，建设用地占了 76.97%。

土地在有些地方已占直接成本的 58%，乃至有人说现在的财政成了土地财政。可一个地方的土地终究有限，该卖的卖完了，今后怎么办，总不能像路易十五似的，我死后哪管洪水滔天。

土地是一切财富的源泉。我们十三亿人口的大国，一旦粮食发生危机，谁也救不了。我国人口每年以一千万的速度增长，耕地却在以八百万亩的速度减少。中国人都知道《增广贤文》中的两句话：但存一寸地，留于子孙耕。去年到山东，一位出租车司机痛心地说，土地再这样乱占用，将来就有吃不上饭那天。真是："知屋漏者在宇下，知政失者在草野。"一个司机师傅都看明白的问题，有些肉食者硬是看不明白，怪哉。

当年一个单位，赶上大力提倡尊重知识、尊重人才，领导提出为解决知识分子住房，要盖楼，知识分子欢欣鼓舞，翘首以盼。结果等楼盖好，一多半分给了领导和机关工作人员，有些领导孩子还没毕业，就预先分了一套，而真正的知识分子，好多只能望楼兴叹。

就像云南一个农业大学，分年终奖，名义是鼓励一线教师，可实际分配，却是教授三千元，而一般科员六千元，副处级和正处级达到两万元。这样的结果能让那些教授说什么呢？这些事总给人挂羊头卖狗肉的感觉。

说是歪嘴和尚，其实他们嘴倒未必歪，而是心歪了。心歪了，什么好经，也正不了。再有就是眼歪了，使得他们只看到局部的利益和眼前的利益，所谓“一叶蔽目，不见太山”。他们心里有小九九，那就是怎样保障利益。为此，旗帜可以利用，理由冠冕堂皇，只有自己的利益是和尚的脑袋、大姑娘的腰，绝对不能触动。就像科教兴国，在有些人心里，就等于办学捞钱，还给起了个名：教育产业化。也不知是哪个缺德鬼，想出这么一个馊主意，竟使莘莘学子望门兴叹。

当然，“经”如果预先设置一个戒律，谁往歪念，就不让他念了，或是，经文准确一些，谁一念错大家都会发现，那就好了，免得歪嘴和尚随意乱念，别人还拿他没咒念。

【原载 2010 年 10 月(上)《杂文月刊》】

这个魔鬼怎样醒来

相信有点儿文化的人都读过普希金的《渔夫和金鱼的故事》，整个故事我就不复述了，免得人家说我借外国人的东西来唬人。但故事的骨架总要介绍一下，免得没读过的朋友骂我偷工减料。故事说一个贪心的老太婆，感恩的金鱼给她木盆，她又要房子，有了房子又想当女皇，当上了女皇又想当霸主，甚至叫金鱼去侍候她，啥都想要最后却啥都没了。相信很多人看过之后都会嘲笑老太婆的贪得无厌。其实细细想来，我们又何尝不是那个老太婆呢？或者说，我们哪个人身上没有那个老太婆的影子呢？

孔子曾曰："君子有三戒：少之时，血气未定，戒之在色；及其壮也，血气方刚，戒之在斗；及其老也，血气既衰，戒之在得。"三戒的原因都有"血气"俩字在里面捣乱。血气是个啥东西呢？请教了专门研究孔子的先生，告诉我，血气并不稀奇，就是与生俱来的欲望和冲动。果然没啥稀奇，欲望和冲动谁没有啊？孔子到底是两千多年前的古人，把色、斗、得三样居然分在三个阶段，其实，好多人都是一生之中三样东西都和他如影随形，三者兼有。

文章开始，我提出每个人身上都有那个老太婆的影子，说这话一般的人会不服气，好像受了莫大侮辱。为了照顾大家的情绪，我就不说别人了，还是说自己方便稳妥。我承认，我就是中国的那个老太婆，只不过我不是那个性别而已。或者说我没有她那么严重，那么具有戏剧性罢了。诸位看过之后可能会笑逐颜开，哦，这小子总写文章教训我们，原来他也是这副德行。口说无凭，请看事实。五年前，我出了一本叫《追问历史》的书，再版了，也上了北京等地的图书排行榜，当时我想，咱们一个小地方的人，能混到这个份儿上，也就行啦，别这山望着那山高啦，于是，想金盆洗手。可看到有些人隔几年就推出一本，而且水平也未见得怎样高，估计稿费也没少得，就忍不住蠢蠢欲动，还想弄上一本。六年前，我晋了副高职称，当时挺满意的，在我们这个小单位，以自己的水平，能弄到这个职称也是烧了高香了。可去年晋职称，自己的学生都变成高级了，不是本科的，没有专著的，没获过全国奖的，也晋了高级职称了，这几样自己都具备，凭什么就我被甩出来？不就差论文吗？那东西据说花钱就能登，那才几个钱，于是又重整旗鼓，再做冯妇。

可见，每个人心中都躺着一个魔鬼，这个魔鬼就是心中的欲望。在没有刺激的情况下，他会呼呼沉睡，可他的觉特别轻，有点儿动静就会把他弄醒。虚荣心会碰醒他，面子会刺醒他，利益会喊醒他，不服气的心事会吵醒他，就连不公平的现象都会唤醒他，一旦被唤醒，就不知会把人折磨到什么地步。

其实，关于知足常乐的古训我也没少背，什么“广厦千间，夜眠七尺；珍馐百味，不过一饱”，什么“骑着驴骡思骏马，官至宰相望王侯”。这些话，劝别人行，可轮到自己似乎就不灵了。就像到殡仪馆，去一次，就下决心，不争不斗了，什么事也不在乎了，可过不几天，又一切照旧。

武则天曾问过一些和尚有没有欲望，很多人说没有，只有一个老和尚坦率地说有，但自己知道怎样压服它。我们如果能像那个老和尚就好了。

【选自鄢烈山选编《2009中国杂文年选》花城出版社2010年版】

心平气和说出卖

人生最大的悲哀是被人出卖，尤其是被亲友出卖。

但这是没有办法的事，只要有利益或者有风险。

在一些特殊的环境里，比如说高压，比如说恐怖，人人都有被出卖的可能。大家都知道十年浩劫，那时，为了表现自己革命、表现自己进步，妻子可以出卖丈夫，子女可以揭发父母。高压和恐怖就像阴暗潮湿的环境，一定会产生霉菌和蛆虫。

所以老祖宗早就提醒我们："害人之心不可有，防人之心不可无。"

但有时也是防不胜防。你不去害别人，不等于别人也不害你。所谓："人无害虎心，虎有伤人意。"就像上小学的孩子，他们能害谁？可一样有人害他们，而且一害就好几个。慈悲伟大如耶稣，尚且被人出卖，何况凡夫俗子。

有时，一些人害人并不是蓄意而为，他有时

只是为了表现自己或保护自己，却无意中出卖了你。表现自己是人的天性，保护自己是人的本能。有时，害你的人并不是主动推你入陷阱，而是他在陷阱旁边，你就像陷阱边的一把草，正好被他抓住，连带着也掉进陷阱。要想不被人出卖，那就别做错事、别说错话，更遑论做坏事说坏话。用钱钟书的话说："我们的头发，一根也不要给魔鬼抓住。"

你以为出卖别人的人自己就好过吗？出卖别人的人，面对别人鄙视的目光，面对别人的窃窃私语，他总免不了疑神疑鬼、心惊肉跳。即使没有这些，夜里扪心自问，也如同老鼠啮咬，看又看不见，抓又抓不住。尤其是出卖别人又一无所获甚至倒蚀一把米的时候，他会恨不得抽自己两个耳光，骂自己做了赔本的买卖。

虽然出卖的现象大量存在，但我们总不能把身边的每一个人都当成坏蛋。整天战战兢兢、如临深渊、如履薄冰，就像《潜伏》中的地下党，整天弦儿绷得紧紧的，风声鹤唳，草木皆兵，那活着还有什么意思？

我们不能因噎废食，把天下人都当成防备对象，失去了对人的信任。没有信任就没有放松，没有放松就没有快乐。当然，面对出卖，谁也不会无动于衷，谁也快乐不起来，但我们不妨听听一首老歌："人生本来苦恼已多，再多一次又如何?"

【原载 2011 年 3 月(下)《杂文月刊》】

为何视生命如儿戏

尽管铺天盖地的新闻让人神经近于麻木，可近一个月来的几起凶杀案依然令人瞠目结舌目瞪口呆。浦东机场一名留日学生只因母亲一时拿不出他巨额的学费，就在与母亲相见不到十分钟的时候，一连刺了母亲九刀。这位母亲还没出院，鞍山的一个男子就杀害了连同他家人在内的十个人。不久前，一个音乐学院的学生撞伤一个妇女，那个学生不但不救助，还像弹琴一样，在这个女子身上狠刺几刀，直至她死于非命。

对这些，人们几乎无话可说，甚至像遭受灭顶之灾，一时缓不过神来。

许久之后，人们不由得问，现在的人都怎么了？

生命，那是自然付给人类去雕琢的宝石（诺贝尔语）。可在这些人眼里不但不是宝石，简直就是枯枝败叶，是蚂蚁。面对亲生的母亲，亲生的儿女他们居然也能忍心下手，这是怎样的铁石心肠？

诗人食指曾写过一首诗，题目叫《热爱生命》，诗中有这样的话：

也许我瘦弱的身躯像攀附的葛藤
把握不住自己命运的前程
那请在凄风苦雨中听我的声音
仍在反复地低语：热爱生命
也许经过人生激烈的搏斗后
我死得比湖水还要平静
那请去墓地寻找我的碑文
上面仍会刻着——热爱生命

而这些人却视生命如儿戏，视杀人如游戏。他们不但漠视别人的生命，也漠视自己的生命，有点儿什么事想不开就一死了之。对和自己没有血缘关系的敢下手，对和自己有血缘关系的也敢下手；没有文化的人充当杀人狂的角色，留学国外的竟也充当这样的角色。他们不管这个生命是陌生人还是自己的亲人。现在的人似乎有一种暴戾之气，一语不合就利刃出鞘，甚至同归于尽。这是文化高低的问题吗？实在让人想不明白。

过去，我们只对杀人越货的蒙面大盗心存恐惧，谁能料想患生于肘腋之间，祸起于萧墙之内。他们一个恶念就能结束别人的生命，甚至只是一个游戏的念头就可致人于死命。就像歌手丛飞的妻子，只是由于三个辍学的少年比赛往疾驰的车上扔石头，就香消玉殒。

孟子说："人之所以异于禽兽者几希。"也就是说，人与禽兽相差就那么一点点。哪一点点呢？那就是人有恻隐之心，人有羞恶之心，人有辞让之心，人有是非之心。这之中，尤以恻隐之心最为紧要。恻隐之心也就是不忍之心，没有了这一点，与禽兽就没什么区别了。而看一些人的行为，往往还不及禽兽。虎毒还不吃子呢，他们竟然连子都不放过。

有些人整天只盯着孩子的学习成绩，而忽略了更为重要的成人的教育，致使他们缺失很多东西，尤其是珍爱生命的意识，乃至动不动就自杀或是杀人。他们不知道，这个世界上人是最珍贵的，一个生命消失了，世界对他就失去了意义，一个生命的离去，并不是他本人的不幸，而是所有活着亲人的不幸。当然，我们说热爱生命并不是让人们像猪一样没有尊严地苟活，不是为好死不如赖活着寻找借口。

孟子还说："富岁，子弟多赖（疑为懒），凶岁，子弟多暴。"证明不是天生资质不同，而是环境深深地影响了人们的心思。受此启发，我狗尾续貂，接上两句：浮世，子弟多虚；躁世，子弟多戾。或曰浮世多虚，躁世多戾。至于浮世什么特征，躁世什么德行，大家可以自己琢磨，不用我多费口舌。

有些人之所以漠视生命，那是他们心中没有了希望，对未来失去了信心，也就是说，他们不再相信未来，或者认为没有未来。由此，我想到了诗人食指另一首更著名的诗《相信未来》，请看它的开头：

当蜘蛛网无情地查封了我的炉台
当灰烬的余烟叹息着贫困的悲哀
我依然固执地铺平失望的灰烬
用美丽的雪花写下：相信未来
当我的紫葡萄化为深秋的露水
当我的鲜花依偎在别人的情怀
我依然固执地用凝霜的枯藤
在凄凉的大地上写下：相信未来

要知道，诗人写下这样的诗句的时候，漫漫十年的浩劫开始才仅仅两年。

2011年5月

成熟，难矣哉

时常听人谈论某某不成熟，标志往往是爱发表意见，尤其是与主要领导不同的意见。或者是不善于领会领导意图，自行其是，不是领导肚里的蛔虫，不知领导整天为啥事闹心。

这样的不成熟者在中国真是车载斗量，包括在下，都是不成熟党的党员。自己常常为此暗自上火，恨不得到八卦炉里烧上七七四十九天，让自己一下子成熟起来。

可近来我又发现了很多同党，心里一下子变得坦然了。也由此知道，成熟，难矣哉！

东莞扫黄，来势凶猛，好像重庆打黑一样，颇有些摧枯拉朽的意思。可许多涉黄的人却声称，要先避一避风头。言外之意就是，等风头过了，再重操旧业。何以如此？是因为他们见过不止一次这样的动作了，已经习以为常。他们知道，一阵风暴过后，可能又是外甥打灯笼——照旧。也许他们也知道老子的那句名言：“飘风不终朝，骤雨不终日。”有些事来得快去得也快，只要硬着头皮，顶一顶也许就过去了。

我们过去常搞运动，人们经得多了，便看出了门道：开始轰轰烈烈，中间松松懈懈，最后不消自灭。就像打击犯罪，不管是扫黄还是打黑，本来是公安机关的日常工作，什么时候有犯罪什么时候收拾，不必等到泛滥成灾。可总是有人小洞不补成了大洞才动手，以便让人看到他们既有动作又有气势。气势固然有了，受害者因此忍受的煎熬谁管呢?

其实，老子还有一句更有名的话："治大国若烹小鲜。"也就是说，治理大国就像烹小鱼一样，不能一个劲儿翻腾，那样，容易把小鱼弄碎。用现在的话说，就是不折腾。可有人总热衷新花样儿，今天一个样儿，明天一个样儿，没个准成劲儿。很多事不经过认真论证，脑袋一拍，定了；等出了问题，屁股一拍，走了。很多人还以此得意，以为自己在与时俱进，以为自己神龙见首不见尾。就像过去挺好的厂子，说卖就卖，弄得工人无业可就，成群结队到市政府示威；就像教育，哪个国家都得有所投入，可我们不知哪位高人提出教育产业化，把学生家长逼得唉声叹气，辛辛苦苦供出来还得待业。做事没个长远打算，像小孩儿过家家，说过就过，说散就散，让下面的人无所适从。抽风似的，一阵一阵的，谁受得了?

领导不成熟还想让群众成熟，难矣哉。

朝令夕改、朝三暮四，无论如何是不成熟的表现。就像中央电视台的《焦点访谈》，当年何等红火，人们常常是先睹为快，因为它担起了舆论监督的职能，被人称为“焦青天”。可不知什么原因，《焦点访谈》唱起了喜歌，直到把观众全都唱跑。定位不准，也是一种不成熟。更不要说“读书频道”里的《名家讲坛》，今天19点播，明天将近20点播，一个每天播放的节目时间不固定，你能说它成熟吗？它就不像中央台的新闻联播，每天雷打不动，就那个时间，尽管这个节目每天都是老三样：领导很忙碌，人民很幸福，外国很糟糕。好多事情本该及时解决，有些人却能拖就拖，逼得大伙儿一块上访。为了对付上访，动员大量人力物力，花钱买稳定，我们不成熟可见一斑。国家不成熟，想让个人成熟，难矣哉。

由于不成熟，就头痛医头，脚痛医脚，整天忙忙碌碌还不见什么成效；由于不成熟，就让一些骗子钻空子，就让一些坏蛋得实惠。由于不成熟，就让小民很焦急，让百姓很失望。

神医扁鹊当人们夸他的时候，他说，我的医术不如我的两个哥哥，我的大哥能让你不得病，我的二哥能让小病不成为大病，我只不过是能给人治已经成形的病罢了。我们似乎都应该以扁鹊的两个哥哥为榜样，不让人得病，不让小病变成大病。就像消防队，首先该做的工作是防火。不作预防，整天警笛响，好像很忙，其实正说明预防工作不到位。

单位也好，国家也好，总要“治乱于未萌”，不能窗框都坏了，才想换玻璃；长疖子时不治，非要烂掉时截肢。什么事都应按正道运转，有一套成熟的运作方式。所谓“家有常业，虽饥不饿；国有常法，虽危不亡”。可惜，我们许多人满足于头痛医头，脚痛医脚，还自以为是扁鹊一样的神医，真让人替他们害臊。

【选自王乾荣选编《2010中国最佳杂文》辽宁人民出版社2011年版】

秦桧不跪的申请书

各位领导：

我叫秦桧，想必你们熟悉得不能再熟悉了，你们可能说不出“四人帮”的罪状，但我的那点儿滥事，一定会如数家珍。我们就算宋代的“四人帮”吧。

结果，就让我在岳飞坟前一跪不起，快上千年了，这么长时间跪着真不是滋味儿，腿都变形了，整天还挨唾沫吐，一点儿都不卫生，连个澡都不能洗。这哪是人遭的罪呀，我都不记得自己站着是什么样了。

说起来也怪我，不该参与迫害岳飞，要知道以后遭这么大罪，我当年就不跟高宗当那个破宰相了。就凭我的书法也足可以衣食无忧，何苦干那骂名千古的事呢。唉，现在说什么也晚了。

现在是一个新的千年了，我斗胆向你们申请，让我站起来吧。

在我之前不久，有个大户人家的主子叫西门庆，是个倒腾药的，想来他在民间的知名度不在我秦桧之下。他欺男霸女横行乡里，后人专门以他为主人公，写了一部长篇小说《金瓶梅》，尽管一禁再禁，可历来都有人津津有味地读。所有读过的人，就是再没有是非心，也知道西门庆不是个好东西。可现在怎么样，不是照样给他建了园子塑了像吗？

你们可能会说，那是民营企业家，你一个奸臣怎能和他相提并论。可我后面的严嵩，也相当于我这个位置了，尽管叫他大学士，在嘉靖一朝迫害忠良的事也没少干，尽管他迫害的没有岳飞那么有名，可性质是一样的。就像杀人犯，杀一个老百姓和杀一个小干部，都是杀人了，总不能在杀人上也分出个贵贱来吧。如果排中国的十大奸臣，他肯定会和我并驾齐驱。就是这样一个人，前不久也咸鱼翻身，上了江西的人杰图，和欧阳修、文天祥那样的高手一起供人瞻仰。我差哪儿呢？

你们可能会说，岳飞是汉族人敬仰的英雄，你把他迫害死了，人民心里放不过。这我能理解。可你们也理解理解我呀。尽管我是宰相，一人之下万人之上，权势熏天，可对这么高级的干部也不能说杀就杀。当时有一个叫胡铨的人公开上书要杀我，我也没能杀他，何况岳飞这样堂堂的大元帅。我再有权势，没有皇帝的首肯，我敢对他下手吗？这么说吧，迫害岳飞的运动是宋高宗亲自发动亲自领导的，我不过在其中扮演一个不光彩的角色而已。这么久的岁月，让真正的主谋元凶逍遥法外，好像他是皇帝犯了罪就可以啥事没有，只让我们老“四人帮”当替罪羊，实在有欠公道。

我说这话不是替自己辩解。金人把高宗的哥哥父亲都抓去当了俘虏，才轮到赵构这小子坐上皇帝的宝座。岳飞一路上势如破竹，要杀到黄龙府迎回二圣。这二位一个是高宗他爸一个是他哥，哪个回来，资格也比他老，他还能在皇帝位置上坐着吗？高宗刚尝到做皇帝的甜头儿，他岂能再拱手相让。但这话他又没法明说，他总不能说岳飞呀，你别提迎回二圣的口号了，把他们迎回来，把我往哪儿摆呀。他一肚子邪火没处发泄，只好拿岳飞的小命出气。

现在，我肠子都悔青了，恨不得自己扇自己一百个耳光。求求你们别让我再跪了，我整天在这跪着，我的后人都觉得没脸见人，甚至到岳飞坟前都不好意思姓秦。

如果实在不答应，那就让高宗赵构那小子和我们一块儿跪，这样我们的心理也平衡一点儿。

2012 年 1 月

印象决定命运

都说性格决定命运，何来印象决定命运？吾非故托危言，以鸣其高，实在其来有自。

大家常常对曾国藩的用人津津乐道，最典型的例子就是李鸿章给他推荐三个人，他没经过谈话，没经过组织考核，没经过群众打票，就凭几分钟观察，不费任何口舌，就决定了这几个人的工作。“左边那个态度温顺，目光低垂，拘谨有余，小心翼翼，适合做后勤供应一类的事情。中间那位，表面上恭恭敬敬，可等我走过之后，就左顾右盼，神色不端，可见是个阳奉阴违，机巧狡诈之辈，断断不可重用。右边那位，始终挺拔而立，气宇轩昂，目光凛然不卑不亢，是一位大将之才，将来成就不在你我之下。”曾国藩所指的那位“大将之才”，便是日后立下赫赫战功并官至台湾巡抚的淮军勇将刘铭传。

这几个人的命运在短短时间内，就由一个决策者的印象决定了。

所以我说印象决定命运。

这个逸事你可以说曾国藩慧眼识人，也可以说，造化弄人，印象弄人。

也许稳稳当当端坐者有大谋在心，或是一时疲劳，端坐不动，一旦人给人留下的只是一劳本神的印象，就只能看仓库了；也许左顾右盼、坐立不安者真是精力充沛，或是家里刚刚发生了闹心的事情，但就由于这个不稳当的表面印象，也就不能被大用，甚至不能得用；挺拔直立目视远方者，也许只是一介武夫，练功时习惯于此，故而得了便宜。

尽管凭印象用人可能使无数人拣便宜，或是使无数人受委屈，但许多高高在上者还是乐此不疲。

我们的命运并不把握在自己的手里，总是由管理我们的人决定，而管理我们的人对我们重用还是轻用，用还是不用，常常就由一个印象决定。

据说清朝的道光皇帝一天突然来了兴致，要考察一下各级官员的爱岗敬业情况。许多部门都不见人影，可军机处一刻也离不开人，一个小子正好赶上当班。皇帝一看别人都见不到影子，就这老哥一个爱岗如家，心里十分高兴，就与他攀谈几句，问曰：“诸人皆归，汝何独留？”他来了一番合适的表演，说责任大，不敢贪恋安逸。皇帝老儿对他印象奇佳，赐他一个御书“清正良臣”，成了当朝的典型。

印象之所以能决定命运，与掌握别人命运者的衡量标准有关，也与他的需要有关。你正想搞点儿政绩让上面看看，就有一个人帮你搞出来了，而且，他把这成绩都算在你的名下，你对他印象很难不佳；你正讨厌一个人，要把他置于死地而后快，有一个人主动站出来，大义凛然地与之相斗，并战而胜之，要想对他印象不佳实在很难；你正被人围困，难以脱身，一个人不辞危难救你脱离险境，又不贪天功为己有，你怎能不对他有好印象？

印象与经验结合往往能产生奇效。

比如一个人能说会道，可能会给人留下华而不实的感觉，这是生活的经验积累的结果。所以，一旦一个人给人留下能说会道的印象，可能就让人怀疑他华而不实。一个人不声不响默默无闻，常常是扎扎实实工作的主儿，所以，真正有头脑的领导不会完全无视他们的存在。因为经验告诉他们，哗哗响的地方常常水很浅，真正的水深的地方，往往听不到声响。

过去看过一句话："什么法最大，看法最大。"那看法从何而来，就是由印象而来。有时，人的进退荣辱，皆决于印象。所以，我斗胆提出印象决定命运的命题，不知诸公以为如何。

【原载2012年3月(下)《杂文月刊》】

请鲁迅原谅

鲁迅逝世前一个多月，在一篇叫《死》的文章中留下了这样一段话："欧洲人临死时，往往有一种仪式，是请别人宽恕，自己也宽恕了别人。我的怨敌可谓多矣，倘有新式的人问起我来，怎么回答呢？我想了一想，决定的是：让他们怨恨去，我也一个都不宽恕。"这种决绝的姿态，在我少年的时候觉得酷极了帅呆了，作为鲁迅的超级粉丝，便在内心决定，以鲁迅为楷模，对怨敌一个都不宽恕。

可近些年来，这些观念有点儿动摇。在这里得首先声明，不是谁给我用了美人计来拉拢我，使我产生了动摇。尽管我依然喜爱鲁迅，可对他的话却不再觉得句句是真理。这首先要请长眠的鲁迅先生原谅。

我的动摇首先来源于鲁迅当年怨敌的表现。鲁迅当年的怨敌中，胡适应当算一个。当鲁迅死后，有一个女子叫苏雪林，写文章攻击鲁迅，寄给了胡适。胡适虽然认鲁迅为"敌党"，但觉得立论也应“持平”，说：“凡论一人，总须持平。爱而知其恶，恶而知其美，方是持平。鲁迅自有他的长处。如他的早年文学作品，如他的小说史研究，皆是上等工作。”郭沫若可谓是一位重量级怨敌，可鲁迅纪念馆让他题字时，他说鲁迅骂了我一辈子，我要赞美鲁迅一辈子。当然，他这话只说对了一半，鲁迅固然骂过他才子加流氓，可他骂鲁迅也够狠的，说鲁迅是双重的反革命。周扬当年被鲁迅封为四条汉子之首，为了两个口号闹得几十年不得消停。可在鲁迅诞辰纪念会上，他诚心诚意地忏悔了年轻时对鲁迅的不敬。以子之矛，攻子之盾，请先生原谅。

我的动摇还来源于柴静的一篇采访手记。她的那篇手记叫《真实的人性有无尽的可能》。一个十五岁的卖淫者受人指使，诬陷一个校长嫖妓，结果，校长当不了，儿子婚事也吹了。案子平反后，柴静问老校长是否恨当年办案的警官，他回答：“我当时恨他，我现在怕他受处分。”为什么？“我第三个小子和他岁数差不多。原谅他吧，原谅他吧，受处分的滋味儿不好受啊。”在读这段文字的时候，僵固的心突然湿润，我深深地被老人的宽容打动。我感到老人就像一尊大佛，那个糊涂警官就像犯错误的孩子。

许多人一直以为，宽容就是纵容罪恶，所以，常常睚眦必报。这样，导致许多人终日生活在仇恨之中。当然罪恶一定要受到惩处，这样才显得天理昭然。但让一颗本来可以悠然自得的心，整天仿佛放在油锅上煎，何苦呢？有些人津津乐道，君子报仇十年不晚，君子报仇十年固然不晚，可小人报仇是从早到晚。你总是处在和别人敌对的位置，时时处处加以提防，会让自己活得很累，从而失去正常的生活乐趣。何况，我们并不一定就必然正确，也许真理是在别人手里。周立波说得好："被恨的人没有痛苦，去恨的人却是伤痕累累。"我们不妨像他说的："感谢曾经欺骗我的人，因为他增长了我们的智慧；感谢曾经伤害我的人，因为他磨炼了我们的心志；感谢曾经绊倒我的人，因为他强化了我的双腿。"

其实，有时宽恕是胜于报复的，不念旧恶，能化阻力为助力。当年齐桓公宽容了管仲的一箭之仇，他成了当时的霸主；刘邦宽容了韩信开小差，他夺得了天下。"深刻的仇恨会造成太深的伤痕。"（莎士比亚语）"宽容产生的道德上的震撼比责罚产生的要强得多。"（霍姆林斯基语）"如果能宽容别人冒犯，就证明他的心灵乃是超越了一切伤害的。”（培根语）我拉上这么多老外来为自己助阵，不是为了把鲁迅打垮，而是为自己壮胆。这一点再次请鲁迅先生原谅。

【原载2012年6月16日《今晚报》】

可怕的循环

随团旅游的人大约都有过这样的经历，说是旅游，其实就是远途购物。到了一个地方，真正看景点的时间，少之又少。匆匆忙忙照两张相片，导游便给你领到购物区，猛劲儿忽悠你买这买那，好像不买就白旅游一趟似的。等你大包小裹回到车上，导游似乎完成了重大的历史使命一般，露出满意的笑容。这时你才知道，导游与其说是导游，不如说是导购。

为什么会这样？因为旅行社竞争激烈，为了胜过别人就要打价格战。而在价格战中，首先减少的是导游的开支。导游为了生存，就和各个购物区建立了战略伙伴关系，你给我往这里拉客，我给你适当回扣，好像谁都不吃亏，就是游客的眼睛吃了亏。越压价格越领你购物，越领你购物，最后弄得上车就睡觉，下车就拍照，除了人脑袋，啥也没看到。

面对这样的循环你不必愤怒，因为你真要愤怒，实在愤怒不过来。放眼一望，此类循环几乎遍布于各个领域。

大家都对学生负担重扼腕叹息。小小的孩子背着大大的书包，早上比大人上班还早，晚上比大人睡得还晚。那作业虽然没有大用，却似乎永远也做不完。尽管上面减负的文件也一个劲儿发，可好像谁都不把它当回事。因为，你尽管把素质教育喊得山响，可最后衡量一个学校高低的还是升学率，决定老师奖金的还是学生的考试排名。这样，人们就只能狠抓升学率，狠抓考试成绩，于是就不断增加学生课业负担。结果，老师没少费劲儿，学生没少用力，就是出不来真正拔尖的人才。人们仿佛都是一个模子浇出来的，永远对诺贝尔奖望洋兴叹。

与此相联的是扩招。高校为了多收费就不管自己的条件都使劲儿招，而社会对大学生的需求又相对有限，结果，越扩招，大学生就业率越低，致使许多人研究生毕业都无处就业。又是一个恶性循环。

再看房价，它如山间的竹子一节比一节高，也可以说如芝麻开花节节高。这其实也是一种恶性循环的结果。政府为了搞政绩或者是为了那个“鸡的屁”一个劲儿出卖土地。土地价格一高，开发商买地花钱就多。开发商个个比猴儿都精，让他们往里搭钱那不等于要他们的命。怎么办？对不起，房子涨价。这还只是表面上的原因，他们为了拿到好楼盘就要行潜规则，把各路神仙打点好。这打点的费用可不是一个小数目，让他们自己拿，那不是挖他们心肝一样。怎么办？好办，往房价里摊。这也就难怪有的大城市一平米要几万元才能下来。没办法。恶性循环。

信访越来越多，许多官员一提起信访脑袋就大。细一想，这又是一种恶性循环。老百姓有问题不给好好解决，人家干了几十年，说不让干就买断，几千元就把人打发了，连交养老费都不够。断了人家的经济来源，要你你能干吗？其实只要稍有人心就能解决的事，硬是不给解决，结果逼得人家到处找。找还不管，还要动硬的，人家只好继续往上找。又说人家破坏稳定，给人家往精神病院送。致使许多小事越闹越大，最后集体上访。有人为了维稳就强力镇压，导致暴力维稳，越维越不稳的尴尬结局。于是就形成了这样的怪圈，有问题不解决，不解决就上访，上访就压制，压制就集体上访，集体上访就暴力维稳。暴力维稳只解决一时，决不解决根本。就像一个伤口溃烂了，不从根儿上清除，只在外面贴一个创可贴，表面没事，实际里面还是烂的。

物价上涨让人心慌意乱。卖菜的看卖肉的涨价，卖菜的也涨；卖酒的一看卖菜的涨也不甘落后；卖酒的一涨，卖煤的想我差啥呀，我也涨。卖汽油的更不含糊，你们算个什么，小打小闹而已，看我的大手笔，一下子与国际接轨。不但接上而且高过一截，让你老美都自愧不如。就这样，你涨我也涨，直涨得你心里慌慌，永远像十五个吊桶打水七上八下，不知涨到什么时候是个头。

集权统治也是一个恶性循环，为了集权就要对统治者一切顺从，并且要对他们歌功颂德，大搞个人崇拜。为此，就要压制不同声音，控制言论，甚至动用特务手段、暴力手法。越是这样，人们越是离心离德，越是离心离德，越要不择手段控制，结果就危机四伏。

最能看出这种循环的可能要算各报刊杂志的创收。为了生存，想出了创收的怪招儿。不管你是什么人，只要给我拿钱，我就为你大唱颂歌。哪怕你的厂子马上要倒闭，我也说你蒸蒸日上；哪怕你声名狼藉，也说你美如鲜花。越是闭眼胡说，读者越不买账，读者越不买账，越要加紧创收。直到不得不黯然收场。

恶性循环是一个怪圈，谁看着都头痛。要想不走入这个怪圈，开始就要选对方向。就像卫星运行，它有自己固定的轨道，如果一开始就偏离了轨道，那就只能看它越飞越远，越无法控制。

一开始选对方向，断不会有剪不断理还乱的

麻烦。就像老子所说：“图难于其易，为大于其细。”意思是图谋困难的事情要趁它容易的时候，处理重大的事情，要在它细小的时候。依此推论，要想走对路，就要在开始的时候。可惜，我们总是一步错步步错，小洞不补大洞叫苦，真是让人着急。

【原载 2012 年第 6 期《杂文月刊》】

我愿丧失部分记忆

年龄一大，人们常常抱怨记忆减退。尽管有了计算机，人们仍然希望自己的记忆像计算机一样清晰。

据说，人们的记忆是有选择性的，都愿意记住快乐的事、辉煌的事，也就是过五关斩六将的事。可我却与人两路，总是记住一些不愉快的事，因而自己就快乐不起来，为了让自己快乐起来，我情愿丧失部分记忆。

如果可能，我愿丧失下面的记忆：那是二十世纪六十年代的初期，城市的粮食也供应紧张了。早上，妈妈为上中学的大哥准备午餐，是一个苞米面饼子。几乎天天喝面糊的我，多么渴望吃一口干粮啊，就眼巴巴地在一旁看着，伸出一双小手向妈妈要饼子吃。可哥哥要走很远的路，妈妈不能让哥哥空肚子挺一天，只能委屈我。妈妈也没有办法，她每天要赶毛驴车给人拉货，她也只能喝面糊。

如果可能，我愿丧失下面的记忆：二十世纪

七十年代初期，父亲被造反派抓起来，现在都说关牛棚，那时，父亲被关在一个废弃的澡堂里，一块儿被关的还有四五个人。被关的人没人给做饭，就要家属顿顿送。哥哥下乡了，送饭的任务就落在我的头上。父亲被押的地方离家很远，坐公共汽车也要半小时。我要在别人怜悯的目光中，走完这段长长的路程。饭送到了，也变凉了。父亲和其他几位被关的人都睡在地上，只在地上铺了一个草垫子。谁都不敢说话，哪怕对我这样的孩子。

如果可能，我愿丧失下面的记忆：那是二十世纪八十年代初期，我大学毕业了。同学们都要各奔前程。那一天，正在捆行李，要把这些东西寄回故乡。可系里来了紧急通知，要到阶梯教室开紧急会议。马上就要离校了，还开什么会呢？我们都大惑不解。去了那里才知道，系里请来文艺理论的老师给我们“消毒”。原来是我们办的学生刊物《新叶》登载了徐敬亚的长篇诗论《崛起的诗群》，后来这篇文章又在《文艺理论思潮》发表，被认做是“精神污染”，在北京、甘肃分别召开有批判味道的座谈会。由于我们是最早而且全文发表的这篇号称“三个崛起”之一的作品，全国刚刚轰轰烈烈开展清除精神污染运动，我们就成了小靶子。成熟的大人们怕我们这些不成熟的青年把“毒素”散布到各地，所以，在离校前要把我们弄到一块儿肃清“流毒”。当然，这场运动在胡耀邦的阻击下中途夭折，却让我们领教了“左”的厉害。

如果可能，我愿丧失下面的记忆：二十一世纪初，单位决定要解除几个招聘人员的合同，据说一位女杂文家也在这个名单里。我们单位是专门和文字打交道的，这样全国都屈指可数的作者，让她解聘，对她固然是个损失，可对单位损失更大。为了怕人说情，也是怕下面的人下不了手，由一把手亲自操刀。我听说以后，不顾一把手的面子，把那个作者在外面发表的作品拿给他看，希望为单位留下一个人才。那个领导倒没直接把我驳回，而是问，你和她什么关系？好像她要是我的对象或是亲属，他就可以给我这个面子。我是要为单位留住人才，和我个人的关系无关，就说，没有关系。结果，让一个难得的人才没有了施展的天地。

这些东西我没有能力把它们清除，就无可奈何地看它们一直牢牢地盘踞在记忆库中。

【原载2012年7月6日《北海晚报·同题随笔》】

不必害怕野心家

在咱们中国，野心是个很犯忌的东西，这个道理似乎小学生都能领悟。在一般人心里，野心家约等于阴谋家，一说谁是野心家，就像说谁是麻风病人或是艾滋病患者一般，避之唯恐不及。也许看到了人们对野心家的这种厌恶心理，有人要整倒谁的时候，给他安个野心家的名号，往往立见奇效。好像野心家是二等公民，天然就矮人一头。

记得1959年整老帅彭德怀的时候，康生说："你原名彭得华，不就是想一人得到中华吗？这个名字就暴露了你的野心。"也许这名字只是哪个三叔二大爷或是哪个私塾先生起的，并没征求过他本人的意见。但一和野心沾了边，就有口难辩了。

其实，有了所谓野心，未必就是坏事，它常常能激励人们向更高的目标攀登。拿破仑最有名的话就是"不想当将军的士兵不是好士兵"，士兵距离将军，足有千里之遥，他这样说就等于鼓励人们有野心。有了这样的野心，士兵就会奋勇拼杀，出谋划策，有百利而无一害。人们如果都安于现状，都按部就班，社会就会像一潭死水，怎么能有活力。

人们害怕野心家，往往不是害怕他们的野心，而是害怕他们为实现野心无所不用其极的手段。

其实，有野心不可怕，可怕的是没有与之相匹配的本事。口中千万言，胸中无一策，说的就是这种人。本来可以疏导的水流，硬要把它堵住，本来商讨可以解决的，非要动用武力，一百元就能解决的问题，现在一万元也弄不明白。好像这样就是立场坚定，其实，这只是无能而已。他们最大的本领就是把一个生机勃勃的地方弄得死气沉沉，把一个蒸蒸日上的单位弄得江河日下奄奄一息。

光没本事还不够，还忌妒有本事的人，把有本事的人看成眼中钉、肉中刺，必欲除之而后快。最后弄得武大郎开店，不准别人比自己高。受损的不仅是个别人才，而是整个事业。

野心家不可怕，可怕的是对野心家没有约束。孟德斯鸠说：“一切有权力的人都容易滥用权力。”那么，就得想办法限制权力，让他们不能想占地就占地，想拆迁就拆迁，想另搞一套就另搞一套，想开历史倒车就开，别人还束手无策。这个约束不仅仅是诸葛亮对付魏延的锦囊妙计，而是一套成熟且行之有效的制度。这个制度就包括民主选举、民主监督。你相中哪个位置不能凭阴谋获得，得大家同意才行。在为官的岁月里，你如果稍有差池，就会受到监督、受到质问，让你无法肆无忌惮地作恶，在没铸成大错之前就能紧急刹车。就是部长也不能随便乱花钱，就是省长也不能想弄个博士就弄个博士。狮子老虎固然凶猛，可把它们关在笼子里，它们就不会随意伤人而只能供人观赏。让制度来看管社会，比一两个明君贤相更起作用。如果没有成熟且行之有效的制度，好人也会变坏，更不要说天生就不愿受拘束的野心家。

很多人把当官看成得好处、摆威风的行当，一旦让它危机四伏，就是野心家也会望而却步吧。

【原载2012年7月(上)《杂文月刊》】